KB041126

DREAMBOOKS★

DREAMBOOKS

천라검형

한성수 신무협 장편소설

ORIENTAL FANTASY STORY & ADVENTURE

4

dream
books
드림북스

천라검형 4 이곳은 정천맹! 천하정파의 중심지!

초판 1쇄 인쇄 / 2015년 2월 3일
초판 1쇄 발행 / 2015년 2월 11일

지은이 / 한성수

발행인 / 오영배
책임편집 / 편집부
펴낸 곳 / (주)삼양출판사 · 드림북스

주소 / 서울시 강북구 도봉로 173, 캠프 6층
대표 전화 / 02-980-2112 팩스 / 02-983-0660
편집부 전화 / 02-980-2116 팩스 / 02-983-8201
블로그 / blog.naver.com/dreambookss

등록번호 / 제9-00046호
등록일자 / 1999년 3월 11일

ⓒ 한성수, 2015

값 8,000원

(주)삼양출판사 · 드림북스의 서면 허락 없이는 어떠한
형태나 수단으로도 이 책의 내용을 이용하지 못합니다.

ISBN 979-11-313-0184-5 (04810) / 979-11-313-0180-7 (세트)

* 지은이와 협의하에 인지는 생략합니다.
* 잘못된 책은 구입한 곳에서 바꾸어 드립니다.

이 도서의 국립중앙도서관 출판시도서목록(CIP)은 서지정보유통지원시스템홈페이지
(http://seoji.nl.go.kr)와 국가자료공동목록시스템(http://www.nl.go.kr/kolisnet)에서
이용하실 수 있습니다. (CIP제어번호: 2015003145)

천하정파의 중심지!
이곳은 정천맹!

4

천라검형

혼원검佛

한성수 신무협 장편소설

ORIENTAL FANTASY STORY & ADVENTURE

dream
books
드림북스

목차

1장

미신(美神)을 웃긴 남자!

역사상 가장 유명한 미인(美人)은 누구일까?

중원에서는 네 명을 들어 사대미인(四大美人)이라 부르며 그 아름다움을 추앙하곤 했다.

— 침어낙안(浸魚落雁)의 용모! 폐월수화(閉月羞花)의 아름다움!

이야말로 사대미인을 일컫는 형용사라 할 수 있다.

침어(浸魚), 낙안(落雁), 폐월(閉月), 수화(羞花)는 고대의 사대미인인 서시(西施), 왕소군(王昭君), 초선(貂

蟬), 양귀비(楊貴妃)를 가리키는 말이다.

각각의 칭호에는 재미있는 고사가 있다.

침어 서시는 춘추말기 월나라의 여인이다. 어느 날 강변에 있던 그녀의 아름다운 모습이 맑고 투명한 강물에 비추자 수중의 물고기가 수영하는 것을 잊고 천천히 강바닥으로 가라앉았다고 한다.

낙안 왕소군은 한(漢) 대의 재주와 용모를 갖춘 미인이다. 한 원제는 북쪽의 흉노를 다독거리기 위해 그녀를 선발하여 단우 씨와 결혼을 하게 하였다. 집을 떠나가는 도중 그녀는 멀리서 날아가고 있는 기러기를 보고 고향 생각이 물밀듯 밀려와서 금(琴)을 탔다. 그러자 한 무리의 기러기가 금(琴) 소리를 듣고 날개 움직이는 것도 잊은 채 땅으로 떨어져 내렸다고 한다.

폐월 초선은 한(漢) 헌제(獻帝)때의 대신 왕윤(王允)의 기녀이다.[왕윤은 그녀를 딸과 같이 대했다고 함.] 그녀는 용모가 명월 같았을 뿐 아니라 노래와 춤에 능했다. 어느 날 저녁에 화원에서 달을 보고 있을 때에 구름 한 조각이 달을 가렸다. 왕윤이 말하기를 '달도 내 딸에게는 비할 수가 없구나. 달이 부끄러워 구름 뒤로 숨었다.' 고 하였다. 그로 인해 초선은 폐월이라고 불리게 되었다.

수화 양귀비는 당대(唐代)의 미녀 양옥환(楊玉環)을 이

른다. 그녀는 당명황(唐明皇)에게 간택되어져 입궁한 후
로 하루 종일 우울했다. 어느 날 그녀가 화원에 가서 꽃
을 감상하며 우울함을 달래는데 무의식중에 함수화(含羞
花)를 건드리자 바로 잎을 말아 올렸다. 당명황이 그녀
의 '꽃을 부끄럽게 하는 아름다움'에 찬탄하고는 그녀를
'절대가인(絕對佳人)'이라고 칭했다.

그리고 여명의 때!

귀기와 기묘한 기관으로 가득한 섭가장!

그 한복판에 또 한 명의 절세미인이 모습을 드러냈다.
위에 열거한 사대미인과 비교해 결코 떨어지지 않는 그
런 미녀가 적천경의 앞에 모습을 드러낸 것이다.

"……."

할 말을 잃어버린 적천경을 향해 미녀가 채근하듯 다
시 말했다.

"내 말에 대답하지 않는군요? 정말 당신이 호검관주인
건가요? 나는 정천맹의 당세령이라고 해요."

'미신(美神)!'

적천경이 그제야 이해했다.

눈앞의 여인이 예쁜 건 지극히 당연했다. 지난 칠 년여
간 천하제일미녀란 명성을 세상에 떨친 정파 삼신 중 일
좌 미신 당세령이니까 말이다.

하지만 그럼 새로운 의문이 생긴다.

왜? 어째서?

당세령은 지금 이곳에서 적천경의 앞에 모습을 드러낸 것일까?

'혈유는 이곳이 자신들을 보낸 흉수의 은신처라고 했다. 그건 이곳이 바로 신마혈맹과 관계가 있다는 걸 뜻한다. 그렇지 않다면 굳이 호검관을 공격해 처제와 호군을 납치하거나 날 암습하려하진 않았을 테니까.'

의문과 혼란은 이 부근에서 증폭되었다.

― 미신 당세령!

정파의 삼신이자 정천맹의 약왕당 당주인 그녀는 신마혈맹의 가장 큰 원수 중 한 명이었다. 뛰어난 의술로 무수히 많은 정파 정영(精英)을 구했고, 사천당가에서도 역대급이라 일컬어지는 독공(毒功)을 이용해 신마혈맹 마인들을 학살한 전력이 있기 때문이다.

학살이다!

무자비한 학살이다!

그런 표현이 가장 잘 어울릴 만큼 신마혈맹의 마인들을 당세령은 보이는 족족 독살했다. 사천당가에서도 너무 독랄해서 사용이 금지된 금단의 독약과 독공을 총동원해서 신마혈맹의 하부 조직원들을 쓸어버렸다.

당시 그녀의 독공에 죽음을 당한 신마혈맹 마인들의 숫자는 물경 수천여 명……

무림 역사상 이렇게 대량의 적을 단 혼자서 학살한 사례는 없었다. 아무리 빼어난 무공을 지니고 있어도 다수와 홀로 맞붙는다는 건 정말 힘든 일이었다.

특히 여자의 몸으로 떼거리로 덤벼드는 마인들을 몇 번의 전투에서 몰살시킨 것은 일종의 신화(神話)로 기록되어져 있었다. 미신 당세령이 무림의 여고수의 계보 중 가히 군계일학(群鷄一鶴)으로 우뚝 섰다는 걸 부인할 순 없을 터였다.

당연히 신마혈맹 계열의 마인들에게 미신 당세령은 독부(毒婦)나 다름없었다. 희대의 마녀(魔女)이자 악녀(惡女)로 욕하며 혹시 만날까 봐 두려워하곤 했다. 부근에 도달하기도 전에 수백 명을 독살시키는 그녀의 무형지독(無形之毒)의 명성은 정파보다 마도 쪽에 자자했기 때문이다.

여기까지가 적천경이 신마혈맹의 총단을 박살낸 후 풍문으로 전해들은 미신 당세령과 관계된 사항이었다. 갑작스럽게 미지의 고수에게 신마혈맹의 총단이 박살난 것보다 훨씬 더 무림에 회자된 이야기이기도 했다.

'그러니 그녀는 이곳의 주인은 아니겠군.'

긴 설명과는 달리 찰라간에 내려진 결론이다. 사실 이렇게 생각하는 편이 합리적일 터였다.

저벅!

적천경이 갑자기 한 걸음을 크게 떼어 바닥에 쓰러져 있는 구손 앞을 가로막아 섰다.

고작 단 한 걸음!

한데 어느새 구손의 앞에 이르러 있었다. 일보둔형의 변화를 적절히 활용했기 때문이다.

팟!

그리고 멸천뇌운검을 뻗으니, 실같이 가늘고 날카로운 검기가 일어났다. 순간적으로 구손의 심맥 부근 네 개의 혈을 동시에 점혈한 것이다.

당세령이 조언하듯 말했다.

"내 무형지독은 심맥만 공격하는 게 아니에요."

"심맥만 보호해선 소용이 없다는 것이오?"

"물론이에요."

"그럼, 어찌해야 내 의형을 살릴 수 있는 것이오?"

"그 전에 내 질문에 대한 답변이 먼저 있어야만 하지 않을까요?"

"내 의형을 구하는 게 우선이오!"

적천경이 고집스레 말하자 당세령이 잠시 고운 아미를 씽그려 보이곤 소매를 가볍게 떨쳤다.

팔랑!

'날 공격하는 것인가?'

내심 긴장했던 적천경의 얼굴에 살짝 경이의 기색이 떠올랐다. 방금 전까지 게거품을 문 채 다 죽어 가던 구손의 혈색이 갑자기 본래대로 돌아왔다. 중독되었을 때만큼 빠르게 해독(解毒)이 되었다는 의미다.

"당금 무림에 용독술(用毒術)로 신의 경지에 오른 사람은 오로지 미신 당 소저뿐이라더니, 과연 명불허전(名不虛傳)이오!"

"남존 무당파에서 위세를 떨친 호검관주만 할까요?"

"소생을 호검관주로 인정하는 것이오?"

"물론이에요. 이렇게 젊은 나이에 그만한 검기와 영기(靈氣)를 지닌 분이 많은 건 아닐 테니까요."

"칭찬으로 생각하겠소."

"칭찬 맞아요. 그런데 이런 마굴(魔窟)에는 어쩐 일인거죠?"

'역시 그녀와 섭가장은 관련이 없었구나!'

적천경이 내심 고개를 끄덕이고 말했다.

"당 소저가 그리 말씀하시는 걸 보니, 이곳에 신마혈
맹과 관련된 곳임을 알고 오신 것이군요?"

"물론이에요. 마인들이 숨어 있는 곳답게 괴상한 기관
진식이 잔뜩 있다는 말을 들었는데 생각보다 방비가 허
술하더군요."

"그건……."

적천경이 뭐라 대답하려할 때였다.

쾅!

콰콰콰콰쾅! 쾅! 콰콰콰콰쾅!

갑자기 요란한 굉음이 연달아 터져 나오며 나현과 황
조경이 모습을 드러냈다. 섭가장 기관진식의 핵심부가
적천경과 당세령에게 파괴된 틈을 타 함정에서 빠져나온
것이다.

"적 아우!"

"적 관주!"

적천경을 보자마자 두 사람은 거의 환호작약(歡呼雀
躍)에 가까운 소리를 지르며 달려왔다.

사지에서 간신히 살아났다.

죽을 고생 끝에 다시 적천경을 만났다.

그들의 기분이 잔뜩 고양된 것은 무리가 아니었다.

잠시뿐이었다.

적천경을 얼마 앞두지 않았을 때 나현과 황조경이 얼어붙은 것처럼 걸음을 멈췄다. 석상처럼 딱딱하게 굳어버렸다.

이유는 자명하다.

적천경과 묘한 대치를 이루고 있는 미신 당세령을 발견했기 때문이다.

'으헤엑! 무슨 여자가 저렇게 예뻐? 싸가지 없는 부영주가 이 자리에 있었어야 하는 건데! 그럼 그 높기만 한 콧대가 팍 꺾였을 텐데 말야!'

나현의 생각이다.

'말도 안 돼! 이건 꿈일 거야! 어떻게 세상에 이런 미녀가 있을 수 있는 거야!'

황조경의 현실 부정이다.

그렇게 완전히 다른 상념에 빠진 두 사람을 향해 적천경이 빙긋이 웃어 보였다.

"두 분, 호검관에 없다 했더니, 이런 곳에서 만나게 되는군요?"

"……."

"……."

나현과 황조경은 여전히 얼어붙어 있었다. 적천경의 말이 귀에 들어오지 않았다. 당세령의 놀라운 미모에 시선을 완전히 빼앗겨 버렸기 때문이다.

물론 당세령은 이와 같은 시선에 익숙하다.

항상 있어 왔던 일이다.

천하제일미녀이자 정파의 삼신으로 추앙과 외경을 받으며 살아온 세월이 벌써 칠 년이 넘어가고 있었다. 이젠 무덤덤해질 만했다.

'그런 점에서 호검관주는 역시 좀 다른 구석이 있다고 해야 할까? 날 보고 이렇게까지 평정심을 유지한 사람은 거의 없었으니까 말야…….'

내심 적천경을 새삼스럽게 바라본 당세령이 두 사람에게 담담한 미소와 함께 말했다.

"나는 정천맹의 당세령이라 해요. 당신들은 호검관주의 친구들이겠죠?"

"천하제일미녀!"

"미신!"

흡사 강력한 주술에서 벗어난 것과 같았다.

당세령의 자기소개에 나현과 황조경이 화들짝 놀란 표정으로 소리쳤다. 그 정도로 그녀의 명성은 무림뿐 아니라 관부와 상계에까지 자자했던 것이다.

'과연 소문대로 대단한 미녀로구나! 가만? 이 여인네를 꼬셔서 황상께 데려가면 내 팔자가 확 펼 수도 있지

않을까? 망할 부영반에 대한 황상의 총애도 사라질 거고 말야!'

나현은 자신이 떠올린 생각에 오싹 소름이 돋는 걸 느꼈다. 너무 마음에 드는 생각이라 자칫 다른 자에게 들킬까 봐 겁이 날 정도였다.

'그럼 그렇지! 이런 미녀가 천하에 그리 많을 리 없지! 역시 미신쯤 되는 미녀라 예쁘긴 예쁘구나!'

황조경은 내심 고개를 끄덕이며 수긍했다.

근래 들어 무척 많이 깎인 미모에 대한 자신감도 어느 정도 회복할 수 있었다. 미신이란 미명(美名)은 충분히 미모에 대해서만큼은 한 수 접어줄만한 가치가 있었다.

게다가 한 가지 더 안심이 가는 바가 있다.

적천경!

무당산에서 만났던 창위의 부영반 주약린이란 미녀한테도 별다른 흔들림이 없었던 목석같은 사내다. 비록 눈앞의 당세령이 주약린을 능가할 듯한 절세미모를 지녔으나 특별히 달라질 건 없을 듯했다.

힐끔.

'역시!'

그래도 혹시 몰라서 적천경 쪽을 곁눈질한 황조경이 마음을 푹 놓았다. 당세령을 앞에 둔 상태에서도 평상시와 다름없는 그의 평온한 안색을 확인했기 때문이다.

마음 한구석이 든든해지는 느낌!

황조경이 평상시대로 상계의 철혈녀 적봉황으로 돌아왔다.

"황금귀상련의 황조경이 정천맹의 미신 약왕당주님을 뵈옵니다!"

"황금귀상련의 황조경이라면……."

"미거하나마 황금귀상련에서 부련주 직위를 맡고 있습니다."

얼른 자신의 정확한 직위를 덧붙인 황조경의 눈이 반짝거렸다.

그럴 수밖에 없다.

미신 당세령은 상계에서 가장 유명한 사람 중 한 명이다. 천하에서 가장 돈을 많이 쓰는 여자이기 때문이다.

게다가 황금귀상련의 주력 업종 중 하나가 약재업이었다.

즉, 황조경에게 있어 당세령은 그야말로 하늘에서 내려온 동아줄과 다름없었다. 어떤 식으로든 연을 맺을 수 있다면 다른 모든 일을 접어도 될 정도였다.

"……아!"

당세령이 나직이 탄성을 발했다.

황금귀상련이라면 그녀 역시 알고 있다.

중원에서 가장 큰 약재상 중 한 곳을 운영하고 있기에 은근히 관심을 가지고 있었다. 화악상단만 가지곤 그녀가 원하는 만큼 많은 수량의 약재를 중원 각처의 약왕당 지부로 보내주기엔 어려움이 있었다.

그러나 매화검신 유원종 덕분에 지난 몇 년간 그녀는 살짝 돈줄이 말라 있었다. 그에게 가장 큰 돈줄이었던 화악상단의 후계자를 빼앗겨서 충분할 만큼의 자금 지원을 받지 못한지 오래되었다. 예전처럼 순진하게 상인들을 대할 정도의 여유를 부릴 처지는 아니게 된 것이다.

내심 황조경을 찬찬히 훑어본 당세령이 미미하게 고개를 끄덕여 보였다.

"황금귀상련의 적봉황 황조경 소저에 대한 명성을 익히 들어서 알고 있었어요. 그런데 근래 무당파에서 명성을 드높인 호검관주의 친인일 거라곤 생각지 못했군요."

"적 관주의 부인과 오랜 친구였지요!"

"그렇군요."

당세령이 적천경을 한차례 바라보고 다시 고개를 끄덕여 보였다.

이십 대 초반으로 보이는 준수한 외양!

그와 어울리지 않게 내부 깊숙이 갈무리된 검기!

적천경의 실제 나이가 겉으로 보이는 모습과는 다를 것임은 익히 짐작하고 있었다. 부인이 있다한들 놀랄 이유는 없었다. 어째서 굳이 황조경이 그 같은 사실을 강조하듯 말했는지는 모르겠지만 말이다.

그때 기관부의 중심에 어정쩡하니 서서 눈치를 살피고 있던 늙은이가 후다닥 밖으로 뛰어나갔다. 계속 적들이 늘어나는 모습을 보고 겁에 질려 대항할 의지, 자체가 없어진 듯하다.

패앵!

그러나 기관부에서 몇 걸음 떼지 못했을 때였다.

갑자기 허공을 가로지른 기묘한 기음과 함께 늙은이가 바닥에 쓰러졌다.

'어느 사이에?'

줄곧 당세령을 감시하듯 지켜보고 있던 적천경의 눈 깊은 곳에서 경탄의 기색이 떠올랐다.

이번에는 당세령의 미모 때문이 아니다.

오히려 처음의 놀라움과 경이감은 어느새 반감되고 있었다. 그에겐 모든 감정을 강제로 끊어 버릴 수 있는 검아일체번뇌차단술이 있어서 쉽게 그리할 수 있었다.

단! 그 같은 상황에서 천하에 명성이 자자한 무형지독이 아니라 암기술을 당세령이 펼칠 줄은 몰랐다. 그것도 황조경과 대화를 나누던 중 불시에 손을 썼고, 그걸 적천경 자신이 뒤늦게 눈치채리라고는 생각도 못 했다.

'미신 당세령! 세상에 알려진 것보다 더 대단한 고수일 수도 있겠구나!'

적천경에게 이 순간, 당세령은 매화검신 유원종에 비견되는 절대고수로 격상되었다. 단순히 독공만이 뛰어난 미녀가 아니라 진짜 천하를 오시할 정도의 고수로 인식하게 된 것이다.

그렇게 적천경이 생각에 잠겨 있을 때 당세령이 자신의 암기에 얻어맞고, 바닥에 쓰러진 늙은이한테 걸어갔다.

자박! 자박!

놀라운 등장과 달리 소박한 걸음이다.

흡사 규방의 천금소저와 같이 우아하게 늙은이 앞에 도착한 당세령이 그를 내려다보며 말했다.

"이곳에 신마혈맹의 십팔마존 중 한 명이었던 기문소마존(奇門笑魔尊)의 후계자가 있다고 들었어요. 당신이 그 사람인가요?"

"노, 노부는 모산파 출신인 신산귀자(神算鬼子)라 하외다! 어찌 악귀들이 모여 있는 신마혈맹의 기문소마존 같은 마두와 연관이 있다고 하는 것이외까? 게다가 기문소마존과 노부는 거의 같은 연배였소이다! 어찌 그자의 제자 노릇을 할 수 있겠소이까?"

"일리 있는 말이에요. 기문소마존은 죽을 당시 당신과 비슷한 연배였어요. 하지만 그걸 아는 사람은 거의 없어요. 기문소마존이 천면귀마만큼 변장술에 능했으니까요. 근데 그의 연배를 모산파 출신의 신산귀자라 주장하는 당신은 아는 걸까요?"

"그, 그건……."

신산귀자라 자신을 밝힌 늙은이가 더듬거리다 눈을 부릅떴다.

"……컥! 커컥!"

어느새 당세령의 길고 가느다란 손가락이 그의 하악골(下顎骨)을 잡아 빼고 있었다. 간단히 아예 입을 놀리지 못하게 만든 것이다.

뿐만 아니다.

톡!

당세령의 손가락이 다시 움직이자 늙은이의 입안 안쪽 깊숙한 곳에서 어금니 하나가 쑥 뽑혀 나왔다. 한눈에 보기에도 평범한 것과는 거리가 크게 멀어 보이는 모양새다.

"어구어! 어구어!"

"억지로 말을 하려고 하지 마세요. 턱이 빠진 상태에서 힘을 줘봤자 원하는 바를 이룰 수는 없을 거예요."

"……."

"역시 기문소마존의 제자답게 포기가 빠르군요. 일단 진짜 얼굴부터 확인해 봐야겠지요?"

당세령이 고혹적인 입가에 엷은 미소를 띤 채 늙은이의 얼굴을 손가락으로 긁어냈다.

뿌드득!

그러자 드러난 전혀 딴판의 얼굴.

평범한 외양의 사십 대 초반의 외양이 바로 마도에서 기문진법의 일인자로 유명했던 기문소마존 후계자의 진면목이었다. 당세령의 말은 모두 사실이었던 것이다.

툭!

당세령이 만족스러운 표정으로 사나이의 빠진 하악골을 본래대로 맞췄다.

"당신의 진짜 이름을 말해 보세요?"

"나, 나는……."

"혀 따윈 깨물 생각하지 말고요! 만약 그런 짓을 하면 어떻게든 살려낸 후 당가로 보내서 독강시(毒殭屍)로 만들어 버릴 테니까요!"

단호한 당세령의 말에 사나이의 안색이 공포로 물들었

다.

강시!

죽었으되, 죽지 못한 존재다.

죽지도 살지도 못한 채 제조자의 명령에 따라 영생(永生)을 보내야만 하는 끔찍한 마물이었다. 그런 괴물로 변하길 바라는 자는 결코 존재하지 않을 터였다.

하물며 당세령의 가문인 사천당가의 독강시 제련법은 너무 끔찍해서 세간에 악명(惡名)이 자자했다. 수천마리의 독사(毒蛇)와 독충(毒蟲)이 담긴 커다란 독 속에 사람을 산채로 집어넣어 독정(毒精)을 흡수케 하길 천 일간 계속해 만든다고 알려졌기 때문이다.

당연히 그런 짓을 당하는 자는 천하의 악인이나 당가에서 가장 증오하는 원수였다. 수백 년간 사천무림의 패자로 군림했던 당가의 비결 중 독강시 제련이 아주 중요한 부분임은 굳이 재론할 필요가 없을 터였다.

사나이가 안색이 창백해져 몸을 벌벌 떨다가 결국 포기한 듯 입을 열었다.

"……당 소저, 부디 날 독강시로만은 만들지 말아주시오! 이렇게 머리를 조아리고 용서를 빌 테니까!"

"그럼 진짜 이름을 말하세요."

"내 이름은 유청이오. 당 소저의 말대로 기문소마존이

본인의 스승이 되시오."

"좋아요!"

당세령이 나식한 한마디와 함께 유청의 마혈(痲穴)을 점혈했다. 그에게 알고 싶었던 정보는 충분히 얻었다는 판단을 내린 듯하다.

아니다.

그 외에 다른 이유가 있었음은 곧 밝혀졌다.

팟! 파팟! 팟!

갑자기 방금 전까지 유청이 있던 기관의 중심부가 기묘한 진동을 일으키며 회전을 보였다. 그리고 맹렬한 기관음과 함께 폭발적으로 쏟아져 나온 수백 개가 넘는 각종 암기들!

오독자오침, 탈명신침, 혈우침, 독질려, 혈적자, 비황석, 단혼사, 육혼망, 귀왕령······.

하나같이 악독하기 이를 데 없는 암기다.

그냥 살짝 스치는 것만으로도 살이 썩고, 뼈와 장부까지 치명상을 줄 터였다. 반드시 누군가를 죽이고야 말겠다는 의지로 만들어지고, 장치되었음에 분명했다.

슥!

적천경이 여전히 바닥에 누워 있던 구손을 들쳐 업고 황조경의 앞을 가로막아 섰다.

스파앗!

그리고 멸천뇌운검으로 예의 검막을 만들어 냈다. 그렇게 두 사람을 암기의 공격으로부터 보호하려 했다.

나현이 버럭 노성을 터뜨렸다.

"나쁜 놈! 이 대형은 죽어도 괜찮다는 것이냐!"

"……."

적천경은 굳이 대꾸하지 않았다. 이미 언제 당세령에게 절반쯤 영혼이 홀려 있었냐는 듯 기룡신창을 풍차처럼 휘두르는 나현을 확인한 후였기 때문이다.

그렇다면 당세령은?

그녀는 흡사 명화(名畵)속의 선녀와 같은 자태로 자신을 향해 날아드는 암기들을 묵묵히 지켜보고 있었다. 어쩌면 죽음을 피할 길이 없음을 인정하고 삶을 포기한 것 같은 모습이다. 분명 그렇게 보였다.

그러나 곧 놀라운 반전이 일어났다.

사락!

문득 당세령이 섬섬옥수(纖纖玉手)란 말이 가장 잘 어울리는 손을 들어 올렸다.

그와 함께 갑자기 정지한 세계!

분명 그렇게 보였다.

그런 말도 안 되는 환상이 펼쳐진 것 같았다.

환상 따위가 아니었다.

곧 정지됐던 세계가 다시 움직이기 시작했고, 당세령을 향해 날아든 암기들이 일제히 자취를 감췄다.

"당가의 교탈천수(巧奪千手)!"

탄성의 당사자는 나현이었다. 열심히 기룡신창을 휘둘러대면서도 당세령을 곁눈질하길 잊지 않은 것이다. 여전히 영혼의 조각 한 토막 정도는 그녀에게 놔둔 채였음이 분명하다.

한데, 반전은 그것만으로 끝나지 않았다.

차르르륵!

당세령이 손을 뒤집었다. 그러자 그녀를 공격했던 암기가 흡사 하나로 이어진 것처럼 이동하기 시작했다. 한순간이나마 삶을 부여받은 것 같이 말이다.

잠시뿐이다.

곧 환상처럼 그녀의 손짓을 따라 움직이던 암기들이 여전히 회전을 멈추지 않고 있던 기관부로 되돌아갔다.

콰창!

무언가가 꿰뚫리는 소리!

그와 함께 기관부의 회전이 멈췄다.

당세령의 손을 떠난 암기들이 기관부를 산적 꿰듯이 관통하고, 핵심기관을 박살내 버린 때문이다.

"우와아!"

나현이 환호성을 터뜨렸다.

거의 손에 든 기룡신창을 집어던져 버릴 뻔했다. 그만큼 당세령의 절세적인 암기술은 경이로운 경지라 할 수 있었다. 감히 당세의 어떤 자도 비견할 수 없을 정도라고 해도 과언이 아닐 터였다.

한데, 바로 그때다.

슥!

갑자기 검막을 거둔 적천경이 당세령을 향해 일보축지로 다가들었다.

눈을 현혹시킬 것 같은 속도!

그에 못지않은 속도로 멸천뇌운검이 허공을 가로질렀다.

스파앗!

사일단심이다.

하늘의 해를 쏘아버릴 듯 쾌속한 속검과 함께 적천경은 하나가 되었다.

목표?

곧 알 수 있었다.

쩌엉!

날카로운 파공성과 함께 당세령의 바로 앞에서 암전
(暗箭) 하나가 퉁겨져 날아갔다. 근래 무공이 진일보한
적천경의 사일단심으로도 암전을 절단하는데 실패한 것
이다.

"죽어랏!"

"악녀! 죽어랏!"

그때 암전이 날아든 기관부의 반대편 건물에서 대여섯
명의 검수들의 신형이 날아왔다.

하나같이 동귀어진(同歸於盡)을 각오한 검격!

정파에선 감히 상상조차 하지 못할 독날한 초식을 검
수들은 일제히 당세령에게 쏟아 부었다. 단순한 살수가
아니라 불구대천(不俱戴天)의 원한을 품은 자들임에 분
명했다. 그렇지 않고선 이처럼 자신의 생사를 도외시한
극단적인 살초를 퍼부을 리 만무하니까 말이다.

그러나 그 순간 당세령의 소맷자락이 가볍게 살랑거렸
다.

단지 그뿐.

"퀵!"

"크억!"

당세령을 얼마 남기지 못한 채 검수들이 단말마(斷末

魔)를 닮은 비명과 함께 바닥을 나뒹굴었다. 단 한 명도 그녀에게 닿지 못했다. 허무하게 극강의 무형지독에 중독되어 대지에 쓰러지고 말았다.

"하아! 역시 당신들은 이곳에서 날 기다리고 있었던 거로군요……."

'미신을 기다렸다고?'

적천경이 천천히 멸천뇌운검을 거두며 의아한 시선을 그녀에게 던졌다.

당세령이 그의 시선이 뜻하는 바를 눈치챘다.

작약을 닮은 붉고 선명한 입술이 분명한 의미를 담은 채 움직였다.

"호검관주와 친구분들이 어떤 경로로 이곳 섭가장을 찾았는지는 모르겠지만, 이들이 진짜 노렸던 건 내가 분명해요."

"어째서 그렇게 확신을 하시는 것이오?"

"그건……."

당세령이 설명하려 입을 열었다가 눈에 이채를 담았다. 놀랍게도 그녀의 말을 중간에서 가로챈 사람이 있었다. 어느새 신형을 일으켜 다가온 구손이었다.

"무량수불! 적 현제, 그건 당 도우의 말씀이 맞네!"

"구손 형님……."

'구손? 저 도사가 무당파의 학도 구손이구나!'

당세령의 눈에 담긴 이채가 조금 더 짙어졌다.

근래 무당파에서 벌어진 일련의 사건으로 인해 정천맹 내부에서 적천경과 더불어 가장 많이 언급된 이는 다름 아닌 학도 구손이었다. 금마옥의 파옥과 창위와의 분쟁으로부터 무당파의 피해를 최소화시킨 일등 공신일뿐더러, 무공을 전혀 익히지 않은 학도였기 때문이다.

거기에 한 가지 더해 당세령은 다른 이유로 구손에게 관심이 있었다. 그녀가 수년 만에 정천맹 총단을 벗어난 것과 크게 연관있는 일이기도 했다.

그런 당세령의 시선을 느꼈음인가?

구손이 당세령에게 한차례 눈인사를 하고 적천경에게 말을 이었다.

"적 현제, 이곳 섭가장에 도착했을 때부터 우형은 의아했다네. 무릇 기관진식이란 외부의 침입으로부터 자신을 지키기 위해 발전한 학문인데, 이곳은 오히려 정반대의 의도로 만들어진 것 같았기 때문일세."

"정반대 의도라 하심은 사람을 끌어들인 후 죽이려고 함정을 파놨다는 것입니까?"

"그러네. 그리고 그건 아마도 일반적인 무인을 월등히 뛰어넘는 무위나 병기를 지닌 사람일 것일세."

"정파 삼신 중 한 명 같이 말이군요?"

"아마 저들은 천하에 명성이 드높은 당 도우의 독공을 염두에 두고 섭가장 안에 온갖 살인기관을 만들었을 걸세. 하지만 애석하게도 그들은 당 도우에게 무형지독에 맞먹을 정도인 천하무쌍의 암기술이 있는지는 몰랐던 것 같네. 필경 당 도우를 이곳으로 오게 하기 위해 몇 가지 상황을 조성하는데 엄청난 공을 들였을 터인데 말일세. 그리고 그건 아마 우리와도 관련이 있는……."

"구손도장, 거기까지 말씀하셨으면 충분할 것 같군요."

"……빈도 구손, 당 도우의 명을 따르겠습니다!"

구손이 당세령을 바라보며 정중하게 허리를 숙여 보였다. 그녀의 한마디에 갑자기 충실한 노복처럼 태도가 돌변했다. 사람이 완전히 달라진 것이다.

그러나 당세령은 그다지 즐거워하지 않았다.

적천경과 비슷하달까?

아니다.

오히려 전혀 달랐다.

그녀를 접한 후 보인 적천경의 태연함이 마음속의 작은 흔들림을 씻어 낸 것인데 반해, 구손에겐 아예 파문(波紋) 자체가 존재하지 않았다. 당세령이란 천하제일미

녀를 앞에 두고서 어떤 인간적인 감상이나 감정도 느끼
지 못한 것 같은 태도를 유지하고 있었다.

이와 같은 경우를 당세령은 처음 경험한다.

특히 남자를 상대로는 더욱 그러했다.

도사이기에?

그런 건 이유가 되지 않는다.

승려, 도사, 유부남, 젊은이, 노인, 혈육……

어떤 종류의 사내도 당세령에겐 똑같았다. 그녀를 앞
에 두고선 천륜이나 인륜, 신분의 고하를 막론하고 비슷
한 행동을 보이곤 했다. 어떻게든 조금이라도 마음에 들
기 위해 심각할 정도로 무리한 행위도 마다치 않았다. 그
녀의 곤란함 따위는 애당초 고려치도 않고 말이다.

'이쯤되면 제갈 맹주가 매우 자신만만해 한 것도 무리
가 아니겠구나! 어쩌면 이번 내기는 내가 질 수도 있겠
어…….'

안 된다!

그래선 안 될 일이었다!

내심 정천맹을 떠나며 정천맹주 신문만천 제갈유하와
한 내기를 떠올린 당세령이 고운 눈매를 살짝 찡그려 보
였다.

흠칫!

그러자 구손이 깜짝 놀란 표정과 함께 뒤로 슬그머니 물러섰다. 당세령 자체를 꺼려하는 듯한 기색과 함께 그 녀에게서 피해 버린 것이다. 그리고 그것만으로도 부족했는지 적천경의 뒤로 숨는다. 은근슬쩍 그리한 것이지만 티가 난다. 아주 확실하게 난다.

"적 현제, 어서 당 도우님께 사과하게나!"

"왜 제가 당 소저에게 사과를 해야 하는 겁니까?"

"당연히 사과해야만 하네! 어서 빨리 사과하게나!"

"……."

적천경이 구손을 지그시 바라봤다. 그를 만난 후 이렇게까지 호들갑을 떠는 모습을 본 적이 없다. 이렇게까지 하는 데는 분명 이유가 있을 터였다.

그래서 그가 두 말 없이 당세령에게 공수하며 허리를 숙여 보였다.

"적천경이 당 소저에게 용서를 구하겠소이다!"

"구손도장이 호검관주에겐 매우 중요한 분인가 보군요?"

"그렇소."

"그래서 이런 이상한 상황에서도 별 말 없이 내게 용서를 구하는 것이고요?"

"틀리지 않는 말이오."

"푸핫!"

당세령이 갑자기 평소의 극히 우아한 자태와 전혀 어울리지 않는 격한 웃음을 터뜨렸다. 살짝 배를 잡고 가느다란 허리를 굽힌 채 마음껏 깔깔댔다.

그래도 희한하달까?

보통 여인과 달리 그 같은 당세령의 모습은 전혀 밉지 않았다. 또 다른 독특한 매력을 활짝 만개한 꽃처럼 사방으로 흩뿌렸다.

잠시뿐이다.

곧 깔깔거림을 멈춘 당세령이 적천경에게 매혹적인 눈을 빛내며 말했다.

"호검관주님, 구손도장을 봐서 오늘은 그냥 물러가 보도록 하겠어요."

"……."

"하지만 곧 우리는 다시 만날 수 있을 거예요. 그때는 꼭 오늘 못 한……."

"……?"

적천경의 눈빛이 가볍게 흔들렸다.

갑자기 말끝을 흐린 당세령!

그녀가 붉은 화편과 같은 입술만으로 몇 마디를 달싹이고 신형을 돌려세웠기 때문이다. 오로지 정면으로 그녀를 마주 보고 있는 적천경만 알아볼 수 있게 말이다.

팟!

그 후 당세령이 소매를 펄럭이자 마혈이 제압당해 죽은 듯 쓰러져 있던 유청이 부유하듯 공중으로 떠올랐다.

흡사 보이지 않는 줄에 대롱대며 매달린 형국!

그 상태, 그대로 당세령이 유청을 데리고 섭가장을 떠나갔다. 적천경과 그 너머로 몸을 잔뜩 웅크리고 있는 구손에게 한차례 시선을 던지는 걸 잊지 않고서 말이다.

찔끔!

구손이 빼꼼히 적천경 등 너머로 당세령을 훔쳐보다 자라처럼 고개를 쑥 집어넣었다. 그녀와 시선이 마주치는 것만으로도 영혼을 빼앗겨 버릴 것을 두려워하듯이 그리했다.

2장

경국지색(傾國之色)

"아! 아아아아아!"

"으아! 으아아아!"

미신 당세령이 섭가장을 떠나고 얼마 지나지 않아서였
다.

잠시 멍한 표정을 짓고 있던 황조경과 나현이 갑자기
비명에 가까운 소리를 질렀다.

잠시뿐이다.

황조경은 그러했다.

힐끔.

자신도·모르게 소리를 지르고 적천경을 훔쳐본 황조경

의 얼굴이 가볍게 붉어졌다. 부끄러움을 느껴서다. 나름 대로 여태까지 적천경 앞에서 멋지고 괜찮은 여성의 모습을 유지해 왔던 것이 대번에 수포로 돌아갔다는 판단이었다.

'내가 미쳤구나! 아무리 천하제일의 호구…… 가 아니라 고객을 눈앞에서 놓쳤기로서니 적 관주 앞에서 이런 적나라한 짓을 보이다니!'

그나마 조금 위안이 되는 게 있다.

나현이란 존재다.

그가 옆에서 거의 동시에 괴성을 질러댔기에 황조경은 조금 덜 창피했다. 뭐든지 혼자보다는 둘이 나았다. 그게 남에게 말하기 곤란한 부끄러운 짓이라면 더욱 그렇다.

그때 황조경의 그 같은 내심을 눈치채기라도 한 듯 나현이 얼굴이 잔뜩 상기되어 소리쳤다.

"동생들아! 어서 미신을 따라가자! 이런 거지같은 곳 따윈 얼른 떠나가자고!"

"나 대형, 당 소저를 따라가서 뭘 어쩌려는 겁니까?"

"그야 당연히 그녀를 잘 설득해서 황후님으로 만들어 야지!"

"황후요?"

"그래! 저만한 미모는 내 평생에 처음이다! 당연히 황제 폐하께 후궁으로 진상만 한다면 황후님이 되시는 건 여반장(如反掌)이나 다름없는 일이지 않겠느냐?"

"……."

기가 막힌 표정으로 입을 다문 적천경을 대신해 구손이 도호와 함께 고개를 저어보였다.

"무량수불! 형님은 지금 국가에 아주 중대한 위기를 야기시키려 하시고 계십니다."

"국가에 무슨 중대한 위기를 야기한다는 것이냐?"

"경국지색(傾國之色)이라고 들어 보셨습니까?"

"경국지색? 그건 국가를 기울게 할 정도의 미인을 뜻하는 고사성어(古事成語)가 아니냐?"

"그렇습니다. 본래는 한무제(漢武帝) 때 협률도위(協律都尉 : 음악을 관장하는 벼슬)로 있던 이연년(李延年)이 지은 시(時)에서 비롯된 말입니다."

"시?"

"예."

담담한 대답과 함께 구손이 낭랑한 목소리로 노래를 부르기 시작했다.

北方有佳人
북쪽에 어여쁜 사람이 있어

絶世而獨立

세상에서 떨어져 홀로 서 있네

一顧傾人城

한 번 돌아보면 성을 위태롭게 하고

再顧傾人國

두 번 돌아보면 나라를 위태롭게 한다네

寧不知傾城與傾國

어찌 경성과 나라가 위태로워지는 것을 모르
리요만

佳人難再得.

어여쁜 사람은 다시 얻기 어렵도다

"이 노래는 무제 앞에서 이연년이 절세미인인 자기 누
이동생을 자랑하여 부른 것입니다. 그러자 무제는 이때
이미 나이가 많았고, 사랑하는 여인도 없이 쓸쓸한 처지
였으므로 당장 그녀를 불러들이게 하였습니다. 무제는 그
녀의 아름다운 자태와 날아갈 듯이 춤추는 솜씨에 매혹
되었는데, 이 여인이 무제의 말년에 총애를 독차지하였던
이부인(李夫人)이었습니다."

"한무제는 영웅 황제이지 않느냐?"

"예, 그렇습니다."

"그럼 그 영웅 황제가 절세미인을 얻었으니 그건 굉장히 좋은 이야기잖아?"

"예, 좋은 이야기입니다."

"그런데 어째서 내가 미신 당 소저를 황후님으로 만드는 게 국가에 중대한 위기를 야기시키는 일이라는 것이냐?"

"그건……."

잠시 고심 어린 표정을 지어 보인 구손이 담담하게 말했다.

"……당금 황제 폐하께서 영웅이 아니시기 때문입니다. 본래 고래로부터 영웅호색(英雄好色)이라 했습니다. 영웅은 색을 탐한다는 게 아니라 호색해도 영웅이란 뜻입니다. 하지만 범부(凡夫)가 색을 탐하게 되면 먼저 자신을 해치고, 두 번째로 주변을 해치게 됩니다. 하물며 그것이 천하대사를 주관하는 천자(天子)라면 어찌하겠습니까? 경국지색을 맞아들인 후 색에 눈이 어두워져 먼저 자신을 해치고, 주변을 해치고, 천하를 어지럽히게 될 것입니다."

"……."

나현이 입을 가볍게 벌렸다.

잠시 할 말을 잊어버린 듯하다.

물론 진지하고, 길게 국가대사에 대해 늘어놓은 구손의

말에 찬동해서가 아니다. 전혀 그렇지 않았다.

본래 그는 자신의 입지와 영달을 위해 창위에 들어간 사람이었다. 특별히 현 황제나 국가에 충성심이 많지 않았다. 사실 거의 그런 비슷한 것도 생각해 본 적이 없다고 해야 옳을 터였다.

당연히 그가 미신 당세령을 황후로 만들려는 건 전적으로 자신을 위해서였다. 그녀를 황후로 만들어서 부영반 주약린에 대한 황제의 총애를 거둬낸 후 다시 자신의 신분을 복권할 속셈이었던 것이다.

그러나 그 같은 속내를 동생들 앞에서 털어놓을 순 없었다.

사실 좀 얼굴이 팔렸다.

그렇게 이기적이고 구차한 이유를 말한다는 게.

'그러니 여기선 일단 고개를 끄덕여서 구손 아우의 뜻을 존중하는 척하는 편이 낫겠지? 미신 당 소저를 만날 기회는 분명히 또 올 테니까!'

그렇다.

그는 미신 당세령을 포기하지 않았다.

어떻게든 그녀를 꼬셔서 황후를 옹립할 생각이었다. 그래서 자신의 가장 중요한 걸 바쳐서 얻은 부귀공명으로 향하는 여정에 다시 오를 작정이었다.

그렇게 마음을 정리한 나현이 만면에 감탄한 표정을 지어 보이며 고개를 끄덕였다.

"과연 구손 아우의 식견은 대단하구나! 이 우형의 생각이 짧았으니 용서해 주시게!"

"아닙니다! 어찌 제게 감히 형님을 용서할 자격이 있겠습니까? 금일은 제가 술 한잔을 사는 걸로 형님께 용서를 구하도록 하겠습니다!"

"술을 사겠다고?"

"예."

구손의 천연덕스러운 대답에 나현의 표정이 떨떠름하게 변했다. 전날 그가 건넨 매화주를 마시고 황천길에 오를 뻔했던 일을 떠올린 것이다.

그때 적천경이 두 사람에게 다가와 말했다.

"형님들 해가 떠올랐습니다. 일단 어디 가셔서 요기라도 하시는 게 어떻겠습니까?"

"요기? 거 좋지!"

"벌써 해님께서 기침하셨군요. 간단한 조식(朝食)으로 하루를 시작하는 것은 좋은 일일 것입니다."

언제 어색한 기운이 흘렀냐는 듯 나현과 구손이 적천경의 말에 곧바로 화합했다.

막내가 밥을 사겠단다.

누가 있어 그걸 마다하겠는가.

사이좋게 섭가장 밖으로 향하는 나현과 구손을 바라보며 적천경이 그 뒤를 천천히 따랐다.

그러자 얼른 그의 곁에 달라붙은 황조경이 속삭이는 듯한 목소리로 말했다.

"적 관주, 방금 전에 구손도장이 나 대협에게 한 얘기 헛소리죠?"

"그리 생각하셨습니까?"

"적 관주는 그렇지 않다고 생각하는 건가요?"

"……."

적천경이 대답 대신 입가에 흐릿한 미소를 담았다. 그녀의 말에 대한 무언의 긍정이었다.

황조경이 역시 그럴 줄 알았다는 듯 피식 웃었다.

"구손도장도 정말 여간내기가 아니네요. 그런 식으로 나 대협의 의지를 꺾을 생각을 했다니 말예요."

"구손 형님은 나 대형을 위해 그런 것입니다."

"그건……."

잠시 고심하는 표정을 지어 보인 황조경이 미미하게 고개를 끄덕여 보였다.

"……그렇군요. 확실히 구손도장이 나 대협의 목숨을

구한 거나 다름없겠네요. 미신 당세령에게 황후가 되라고 쫓아다녔다간 목숨이 열 개라도 모자를 테니까요. 그런데 적 관주는 그녀에 대해 어떻게 생각하나요?"

"장담할 수 없다고 해야 할 것 같군요."

"예?"

"그녀의 무형지독의 하독술(下毒術)은 지고의 경지에 올라서 미리 예측하고 있다하여 방비할 수 없습니다. 그리고 암기술은 그야말로 기상천외(奇想天外), 그 자체! 만약 기습적으로 검격을 가하지 않는다면 필경 어려운 싸움이 될 거라 생각합니다. 그렇기에……."

"풋!"

황조경이 은연중 당세령과의 싸움을 가정한 채 말을 잇고 있던 적천경을 빤히 쳐다보다 웃음을 터뜨렸다. 자신도 모르게 기쁨의 감정을 드러내버리고 만 것이다.

'이런! 또!'

황조경이 경각심과 함께 얼른 웃음을 거뒀다. 그리고 얼른 시치미를 뗀 채 화제를 돌렸다.

"그런데 맛있는 음식점은 어디에 있죠?"

"……."

"그렇게 보지 마세요! 밤새 뛰어다니느라 배가 무척 고프단 말예요!"

"......."

그때 구손과 함께 저만치 앞서 걸어가고 있던 나현이 마치 황조경의 말을 듣기라도 한 것처럼 소리쳤다.

"어서 식당으로 안내해라! 내 배속의 회충들이 배고프다고 난리가 났으니까!"

"......예."

적천경이 나현을 바라보며 대답했다.

$$*\qquad*\qquad*$$

사락!

미신 당세령이 가볍게 소매를 흔들자 그녀가 섭가장에서 붙잡아온 유청이 바닥에 철퍼덕 떨어져 내렸다.

여전히 마혈이 점혈된 상태!

의식은 되돌아 왔으나 아무런 움직임도 보이지 못한다.

그러거나 말거나 당세령은 유청을 바닥에 내팽개쳐 놓고서 홀로 앞으로 걸어갔다.

그녀의 바로 앞.

활짝 문이 열려져 있는 고택을 향해서.

그러자 고택 안에서 몇 명의 백의녀들이 빠르게 뛰어나와 유청을 어딘가로 데려갔다. 그의 부상을 고쳐주고, 몇 가지 금제를 가하기 위해서였다.

스륵! 스르륵!

당세령이 걸음을 옮기는 동안 몇 개나 되는 문이 연신 열리고 닫혔다. 고택 안에 머물러 있던 약왕당의 위사(衛士)들이 흡사 잘 만들어진 기관처럼 움직이고 있었다. 처음부터 그렇게 하기로 약속되어 있는 것이 그리했다.

그렇게 얼마나 더 나아갔을까?

당세령이 겉으로 보기보다 훨씬 깊은 곳에 위치한 고택의 대청에 도달했을 때였다.

후다닥!

대청 앞을 서성이고 있던 민대머리의 푸짐한 외양이 인상적인 황금왕 황대구가 달려왔다. 전날 임시 거처로 삼고 있던 황금귀상련의 안가가 정천맹주 제갈유하에게 들통 나서 황급히 이곳으로 자리를 옮긴 것이다.

즉, 이곳 역시 황금귀상련의 안가 중 한 곳이었다.

지금은 당세령과 그녀의 약왕당 의녀(醫女), 위사들이 머무는 장소가 되었지만 말이다.

"당 소저, 본왕이 일각이 여삼추(如三秋)처럼 기다리고 있었소이다!"

"이곳은 내게 내준 곳으로 알고 있었습니다만?"

"물론이오! 이곳은 앞으로도 쭈욱 당 소저의 소유요!"

"그런데 어째서 황금왕을 오늘 이곳에서 만나게 된 것일까요?"

"거기에는 피치 못할 사정이 있소이다."

"그 피치 못할 사정을 듣고 싶군요?"

당세령의 살짝 가시가 돋친 말에 황대구가 만면 가득 어색한 웃음을 만들어 냈다.

어찌 들으면 참으로 오만불손해 보이는 태도!

하지만 당세령의 꽃다운 얼굴과 선녀 같은 자태를 보고 있자니 어떤 종류의 화도 나지 않는다. 그냥 보고 있는 것만으로 넋의 대부분이 즐거운 비명과 함께 외출할 것만 같다. 황대구도 신체 건강한 사내인 것이다.

그러나 그는 사내이기 이전에 상인!

그것도 천하 삼대 거상 중 한 명이자 친왕의 작위를 가지고 있는 거물 중의 거물이었다. 여인의 미색에 마음을 빼앗겨 일의 선후를 잊을 사람이 아니었다.

잠시 당세령을 황홀한 듯 바라본 황대구가 조심스럽게 말했다.

"정천맹주가 부근에 왔었소이다."

"내 위치도 알고 있었나요?"

"그렇진 않았소이다. 하지만 당 소저가 북경거상회와 맺은 협약에 대해 대충 눈치챈 것 같았소이다."

"그렇군요."

당세령이 미미하게 고개를 끄덕이며 별다른 반응을 보이지 않았다. 정천맹주 제갈유하의 빼어난 지모를 알기에 처음부터 그를 완전히 속일 수 있으리라곤 생각지 않았기 때문이다.

슥!

당세령이 황대구를 스쳐서 대청 안쪽으로 걸어 들어갔다. 은은하고 기분 좋은 약향이 황대구를 아찔하게 만든다.

'크흡!'

내심 크게 심호흡을 한 황대구가 당세령을 따르며 말했다.

"그래서 아무래도 계획을 변경해야만 할 것 같소이다."

"어떻게요?"

"일단 이곳에 있는 신마혈맹 잔당 청소는 본왕에게 맡기고 당 소저는 정천맹으로 돌아가시오. 정천맹주가 직접 움직인 건 분명 당 소저가 정천맹을 떠났기 때문일 테니 말이외다."

"그리고요?"

"그러면 아마 북경거상회에서 다시 당 소저에게 접촉해 올 텐데, 그때 그들과의 밀약을 깨버리시는 것이오."

"그럼 내 팔십만 냥은 어쩌고요?"

"정천맹주가 보전해 줄 것이오. 이십만 냥을 더해서 말이외다."

"호오?"

그제야 당세령의 발걸음이 멈췄다.

갑자기 이십만 냥이나 돈이 늘어났다. 그것도 단순히 정천맹으로 돌아가는 것만으로 말이다. 거부해야 할 이유를 찾기가 더 어려울 것 같은 호조건이다.

그러나 당세령은 곧 고개를 살래살래 흔들었다.

"북경거상회와의 약속은 깰 수 없어요."

"어, 어째서……?"

"약속이란 신성한 거예요. 한 번 한 약속을 상황이 바뀌었다고 쉽사리 깬다면 어찌 내가 당당한 정파인이라 할 수 있겠어요?"

'정파인의 명분이란 것인가…….'

황대구가 내심 이맛살을 찌푸려 보였다.

일견 당세령이 한 말에는 일리가 있었다.

그녀는 정파를 대표하는 삼신 중 일인!

그것도 현세에 내려온 관세음보살이란 말로 추앙을 받을 만큼 민간에서 인기가 최고조에 달한 존재였다. 아무리 밀약이라 해도 쉽사리 약속을 파기하기란 쉽지 않은 일일 터였다.

게다가 북경거상회의 배후에는 사천당가와 함께 오대세가에 속하는 하북팽가가 존재했다. 신마혈맹과의 정사대전 이후 관계가 소원해졌다곤 하나 아예 무시할 수 있는 관계라 할 순 없었다.

아니다.

그런 것이 아니었다.

당세령이 사천당가를 나와 정천맹에서 지낸지 벌써 칠년이 넘어가고 있었다. 그동안 한 번도 자신의 가문에 복귀하지 않은 터에 오대세가의 관계를 중시할 리 만무했다.

이번 밀약 역시 단순한 돈 문제였다.

매화검신 유원종과 정천맹주 제갈유하의 은밀한 협잡으로 약왕당의 자금줄이 바짝 마른 상황이었다. 전국 각지에서 모여든 의원들에게 줄 봉급과 치료비가 부족해서 당세령은 근래 당가에서 가져온 패물까지 대부분 갖다 팔았을 정도였다.

그런 터에 하늘에서 뚝 떨어진 이십만 냥을 포기한다?

'어림도 없는 일이지! 그야말로 개소리야! 그러니 역시 이건 돈 문제로 접근하는 게 옳을 것이다!'

내심 빠르게 주판알을 튕긴 황대구가 양손을 합장하듯

모아 비벼 보였다.

"당 소저의 말씀은 그야말로 정론이올시다! 감히 천하의 어떤 현자(賢者)도 딴 말을 할 수 없을 것이외다!"

"……."

"하나 한 가지 간과하신 일이 있소이다."

"무얼 간과했다는 건가요?"

"민초(民草)!"

그답지 않게 근엄하고 진지하게 목소리를 높인 황대구가 눈에도 잔뜩 힘을 준 채 말을 이었다.

"당 소저는 정파인이기 이전에 민초들에게 있어 현세에 강림한 관세음보살과 같은 분이시오! 정천맹의 약왕당을 중심으로 그동안 천하의 무수히 많은 병자들을 헌신적으로 치료하신 공덕은 그야말로 태산처럼 좋은 것이외다! 하지만 근래 자금적인 문제가 발생해서 환자들을 치료하는 일을 계속할 수 없게 되었는데……."

"이십만 냥이란 돈을 포기한다는 건 어리석은 일이라 말하고 싶으신 것이겠지요?"

"……어찌 고결한 당 소저에게 그 같은 말을 할 수 있겠소이까? 다만 불쌍한 민초들을 당 소저께서 생각해 주시길 본왕은 청원할 뿐이올시다!"

"흠."

당세령이 선이 고운 턱을 손가락으로 가볍게 매만졌다. 잠시 고심에 빠진 듯한 표정이다.

잠시뿐이었다.

곧 손가락을 턱에서 떼어 낸 당세령이 다시 고개를 살래살래 흔들어 보였다.

"말씀은 잘 알겠어요. 하지만 역시 정파인으로서 약속을 어길 수는 없어요."

"이십만 냥이 아니라 백만 냥이면 어떻겠소이까?"

"황금왕이 백만 냥을 더 부담하겠다는 뜻인가요?"

"본왕이 아니라 정천맹주가 부담하는 것이라고 해야 옳을 것이외다."

"……."

당세령이 황대구를 조금 진지해진 표정으로 바라봤다.

북경거상회가 제시한 팔십만 냥!

거기에 이십만 냥이 더해진 금액의 진원지는 누가 보더라도 눈앞의 민대머리 거한일 터였다. 그가 백만 냥을 정천맹주 제갈유하에게 전달해서 당세령을 제어하려 한 것이다.

당연히 다시 불어난 금액!

도합 백팔십만 냥이란 거액 역시 황대구가 내놓는 것일 터였다. 그의 호주머니에서 나와서 결국 당세령의 약왕당에 전달되어질 것이란 뜻이다.

어째서 이렇게까지 하는 것일까?

'역시 이건 신마혈맹과 관련이 된 것일 테지? 그러고 보니 황금귀상련이 본래 신마혈맹의 재정을 담당하고 있었다는 얘기가 있던데…… 한번 떠볼까?'

잠시 호기심이 동한 기색이 되었던 당세령이 문득 뇌리를 스쳐 간 생각에 슬그머니 미소를 지어 보였다. 순간적으로 내린 결정이었다.

"백팔십만 냥은 큰돈이에요. 하지만 정파인의 신의(信義)보다 더 가치 있다곤 생각지 않아요."

"그럼……."

"그래서 나는 황금왕이 다른 걸 제시해 줬으면 해요."

"……무얼 원하시는 것이외까?"

울컥해서 다시 금액을 높여 부르려던 황대구의 표정이 공손해졌다.

돈으로 살 수 없는 물건?

그딴 건 여태까지 본 적이 없다.

하지만 조금 포장할 필요는 있었다. 상대방의 자존심을 세워주는 건 가끔 꽤 큰 금액을 아껴주곤 했다. 물론 그 역시 다양한 방식으로 상당한 자금이 들어가긴 하지만 말이다.

잠시뿐이다.

황대구의 의식적으로 공손해졌던 표정이 급격히 딱딱하게 굳었다. 당세령이 극도로 아름다운 미소 띤 얼굴로 그를 그렇게 만들었다.

"신마혈맹의 총단에 위치한 혈천등선로의 끝에는 등천마선궁이 존재하며, 그 안에는 산과 같은 보물과 천 명의 미녀, 주지육림이 펼쳐져 있다고 하죠?"

"……."

"한데 이상하게도 정천맹이 신마혈맹의 십대 세력을 격파하고 도착한 그곳의 총단은 텅 비워져 있었어요. 그토록 평판이 높았던 혈천등선로에는 마인들의 시체만이 가득했고, 보물로 가득하다던 등천마선궁은 한 줌 잿더미로 변해 버린 거예요. 도대체 산과 같은 보물과 천 명의 미녀, 주지육림은 다 어디로 가버린 걸까요?"

"그, 그것이……."

"아! 그러고 보니 당시 정천맹 내부에서는 이런 소문이 돌고 있었던 것 같아요. 심산유곡에 은거해 있던 무명(無名)의 기인(奇人)이 신마혈맹의 총단을 홀로 격파한 후 자취를 감추자 마인 중 배신자가 생겼다고요. 설마 그 배신자가 무주공산(無主空山)이 된 등천마선궁을 털어먹은 걸까요?"

"……추, 충분히 가능한 일이외다."

"그럼 그 배신자를 찾아야겠군요. 아니, 반드시 그 배신자를 찾아야겠어요. 그러니 황금왕은 이제부터 내가 신마혈맹의 배신자를 찾는 걸 도와주세요. 그리고 무명의 기인도 함께요. 그게 내가 백팔십만 냥을 대신해 원하는 바예요."

"무명의 기인은 또 어째서 찾으려 하는 것인지……?"

"뻔하잖아요! 그 기인이 배신자와 한통속일 수도 있으니, 반드시 행적을 파악해야죠!"

평소답지 않게 연달아 목청을 높인 당세령의 눈이 어느 때보다 아름답게 반짝거렸다.

인생, 한 방이라고 했던가?

지금 당세령이 느끼는 감정이 바로 그러한 듯하다.

하긴 등천마선궁의 엄청난 재화를 손에 넣을 수만 있다면 다시 약왕당이 재정적인 문제에 봉착하지 않아도 될 터였다. 그녀의 미모에 홀려 몰려든 추종자들의 비위를 맞추지 않고 모조리 두들겨 패서 쫓아낼 수도 있을 테고 말이다.

반면 황대구의 얼굴은 어느새 땀범벅이 되어 있었다.

덥지도 않은데 그는 안색이 크게 상기되어 있었고, 민대머리를 따라 굵은 땀방울이 줄줄 흘러내렸다. 당세령이 지금 이 순간 그의 가장 아픈 구석을 아무렇지도 않게 찌르고 들어왔기 때문이다.

'어디까지 알고 있는 거지? 어째서 갑자기 등천마선궁의 보물과 적천경에게 관심을 품게 된 거야? 만약 진짜 모든 걸 알고 있다면 지금 이 자리에서 죽여야 한다! 아무리 끔찍하게 예쁘고, 사랑스럽고, 보고 있기만 해도 황홀한…… 아이고, 환장하겠다! 정말 미쳐 버리겠구나!'

내심 당세령을 살피며 살기를 일으키려던 황대구가 정신적인 공황 상태에 빠졌다. 그가 도저히 냉철하고 이성적인 생각을 유지할 수 없을 만큼 눈앞의 여인은 아름다웠다. 어떤 식으로든 몰인정한 짓을 할 수 없을 것만 같았다.

그래서 그는 마음을 달리 먹었다.

'어차피 떠보는 것 이상은 아니다! 신마혈맹 총단이 망한 이후 황금귀상련과 관련된 모든 걸 세상에서 지우고 은폐했으니까! 게다가 등천마선궁의 보물과 적천경에 대해 말하면서 멸천뇌운검은 언급하지 않았다는 건 아예 아무것도 모른다고 봐야할 것이다!'

— **멸천뇌운검!**

황대구가 신마혈맹의 총단을 혼자서 멸망시킨 적천경에게 무림의 황제가 되라며 바쳤던 지존신물이다. 한 자루의 신병이기였다.

그리고 후일 그를 절망에 빠뜨렸던 비밀 그 자체였다.

반드시…….

어떤 일이 있어도…….

설혹 자신의 유일한 후계자인 황조경과 절연하게 되는 일이 있더라도 반드시 되찾아야만 할 물건이었다.

거기까지 생각을 정리한 황대구의 민대머리에서 땀방울이 사라졌다. 거짓말처럼 뽀송뽀송해졌다. 마음속의 혼란이 깨끗이 정리된 것이다.

"본왕, 당 소저의 의중을 존중하겠소이다."

"묘한 대답이로군요?"

"일단은 그 정도 대답으로 만족해 주시면 고맙겠소이다. 대신 당 소저에게 백만 냥을 무상으로 드릴 테니 말이외다."

"무상은 아닐 거라 생각하는데요?"

"허허허!"

황대구가 너털웃음을 터뜨리고 당세령에게 공수했다. 이만 헤어지자는 뜻을 드러낸 것이다.

살랑!

당세령이 저도 모르게 소매 쪽으로 의념(意念)을 집중
시키려다 마음을 달리 먹었다.

'오늘은 이쯤 해둘까?'

순간적인 판단이었다. 무상으로 백만 냥이나 되는 거금
을 내주는 사람에게 하독을 하는 건 예의가 아니란 생각
이 들었기 때문이다.

그사이 황대구는 여유 있는 표정과 달리 잔망스러운 걸
음으로 당세령에게서 멀어져 갔다. 백만 냥이란 거금으로
자신의 생명을 건진 것을 아는지 모르는지 말이다.

스륵!

당세령이 고풍스럽게 생긴 의자에 섬세한 몸을 파묻고
서 미간을 가볍게 찌푸려 보였다.

'맹주가 이 부근까지 왔는데 내 움직임을 파악하지 못
했다라…….'

말도 안 된다.

정천맹주 신문만천 제갈유하가 어떤 사람인데, 함부로
이런 궁벽한 곳까지 홀로 왔겠는가.

필경 철저할 정도로 자신과 황대구의 움직임을 동시에
파악하고 찾아왔을 터였다. 언젠가 우연을 가장해 자신에
게 신마혈맹 총단에 있는 등천마선궁의 엄청난 재보에 대

한 말을 흘릴 것처럼 말이다.

그럼 여기서 한 가지 의혹이 생겨난다.

황금왕 황대구!

그는 어째서 제갈유하를 만난 후 곧바로 자신에게 내준 안가로 찾아온 것일까?

오히려 제갈유하를 만난 시점에서 두 사람은 결코 만나선 안 됐다.

이미 의심을 산 상태였다.

그런 터에 공공연하게 두 사람이 만나는 모습을 들킨다면 곤란했다. 어쩌면 제갈유하는 이번 일을 트집 삼아 약왕당에 대한 지원을 대폭 삭감하거나 끊어 버릴 수도 있었다. 근래 줄곧 그래왔듯이 말이다.

그래서 당세령은 황대구를 보고 화가 났다.

그에게 분명 숨겨진 의도가 있으리라 여긴 때문이다.

한데, 그는 오히려 제갈유하가 온 사실을 스스로 털어났다. 그리고 그녀에게 북경거상회와 맺은 밀약을 깨는 걸 종용했다. 이미 제갈유하와 말을 맞추고 찾아왔음을 알 수 있는 대목이었다.

'……여기서 신경이 쓰이는 점은 어째서 맹주가 굳이 몸을 움직였냐는 거야. 역시 나와 한 내기 때문일까? 아니면 호검관주를 진짜 무명의 기인이라 의심하고 있는 걸

까?'

— 제갈유하와 맺은 내기!

현재 당세령이 가장 신경 쓰고 있는 일 중 하나다.

신마혈맹 총단의 등천마선궁에서 사라진 재보의 행방과 극도로 밀접한 관계가 있는 사항이기에.

적천경 역시 마찬가지다.

신마혈맹 총단을 홀로 몰살시킨 무명의 기인!

그의 존재는 오랫동안 정천맹 최대의 관심사였고, 근래 가장 유력한 용의자로 떠오른 게 호검관주 적천경이었다. 맹주 제갈유하는 꽤나 오래전부터 그의 일거수일투족을 면밀하게 관찰해 왔다고 고백하기까지 했다.

그래서 당세령 역시 관심을 기울였다.

섭가장에서 그의 무위를 실제로 확인하기 전까진 분명 그랬다.

살래살래!

특유의 매력적인 표정과 함께 당세령이 고개를 저어 보였다.

호검관주 적천경!

무당파에서 학도 구손과 함께 이름을 날렸다고 했던 그

의 무위는 꽤 훌륭했다. 적어도 허명을 쌓은 자라고 폄하
할 만하진 않았다.

하지만 단지 그뿐.

딱 거기까지만 이었다.

그 이상의 강렬함을 당세령은 느끼지 못했다.

십초지적(十招之敵) 정도?

그게 그녀가 적천경에게 내린 최대한의 평가였다. 그
정도로는 정파의 살아 있는 신이라 불리우는 삼신을 상대
로 결코 버틸 수 없을 터였다.

그러니 적천경은 아니었다.

절대 무명의 기인이 될 수 없었다.

만약 그가 자신의 무위를 삼신 앞에서까지 속일 수 있
을 정도로 말도 안 되는 인물이 아니라면 말이다.

설마 그런 것일까?

갸웃!

당세령이 고개를 귀엽게 옆으로 기울여 보였다. 황금왕
황대구와 정천맹주 제갈유하, 그들이 주시하고 있는 호검
관주 적천경을 연관시켜 생각의 흐름을 전개하다 보니 머
리가 복잡해졌다. 독술이나 의학과 달리 인간 사회는 지
나칠 정도로 번잡스럽고 골치가 아팠다. 딱 떨어지는 정
답을 찾기가 참 어려웠다.

갸웃!

그래서 당세령은 다시 고개를 반대쪽으로 기울고는 고민을 여기서 끝내기로 했다.

"그냥 맹주를 만나러 가서 물어봐야겠다!"

만약 누군가 옆에 있었다면…….

그래서 그녀의 작은 머릿속을 잔뜩 어지럽혔던 사유(思惟)의 흐름을 들여다봤다면…….

황당함에 입을 벌렸으리라!

그리고 그녀의 단순함에 어이없어 했을 터였다.

하나 그게 미신 당세령이었다.

그녀가 천하제일의 독술과 의학을 동시에 겸비할 수 있는 이유였다.

진리에의 집요한 탐구심!

답을 구하기 위해 언제든 염치나 체면을 버릴 수 있는 두터운 신경!

그러고도 누구도 그녀를 진심으로 미워하거나 얕잡아 볼 수 없게 하는 절세의 미모와 놀라운 재능!

그 모든 것이 모여 약관을 간신히 넘은 나이에 그녀를 정파 삼신 중 일좌로 만들었다. 어떤 자도 감히 비길 수 없는 천재성의 발현을 이뤄 낸 것이다.

슥!

당세령이 의자에서 일어났다.

정천맹주 제갈유하를 만나러가기 위해서.

어쩌면…….

아니, 거의 확신하건데…….

'맹주도 날 기다리고 있을 테지?'

내심 징그럽다는 듯 웃어 보인 당세령이 대청 밖으로 걸음을 옮겼다.

                    *   *   *

다복객점(多福客店).

현판에 적혀 있는 이름이 무색하지 않을 정도로 주인 내외는 근동에서 다복하게 산다고 알려져 있었다.

물론 중요한 점은 음식 맛이 일품이란 거다.

특히 가격 대 성능비가 탁월했다.

적은 비용으로 양 많고, 맛 좋은 음식을 한껏 먹을 수 있기에 항상 장사가 잘 되었다. 문전성시(門前成市)까진 아니지만 항상 손님이 끊이지 않았다.

그런 다복객점이 오늘 문을 닫았다.

귀한 손님이 왔기에 주인 내외가 큰마음을 먹고 일찍 장사를 파한 것이다.

"적 관주님, 항상 우리 아이가 신세를 지고 있었는데, 이렇게 왕림해 주셔서 감사합니다!"

"우리 아이가 항상 적 관주님께서 부모님께 효심(孝心)을 갖는 게 무인의 가장 큰 덕목이라 하셨다면서 아주 철이 들었어요. 정말 감사합니다."

다복객점의 주인 내외는 적천경 앞에서 연신 허리를 숙여 보이고 있었다. 그들의 곁에는 갓 열 살을 넘긴 듯한 소년이 서 있었는데, 호검관에 적을 둔 지 삼 년째인 연철생이었다. 그러니까 적천경의 제자라 할 수 있었다.

적천경이 미소와 함께 포권해 보였다.

"철생이가 착한 건 타고난 성정이 어질고, 두 분께서 다복하고 열심히 생활하셔서입니다. 제 가르침은 그리 큰 영향을 미친 것이 아니니 너무 예의를 차리실 것 없습니다."

"적 관주님이야말로 지나치게 예의를 차리십니다! 적 관주님께서 얼마 전에 무당파의 여러 진인들과 무당산에 가신 소문이 근동에 이미 파다합니다!"

"그렇습니까?"

"아무렴요! 우리 철생이가 얼마나 자랑을 했는데요? 오늘만 해도 무당파 진인님과 함께 오셨지 않습니까!"

"……."

적천경이 연철생의 부친 연만중이 건너편 식탁에 앉아 식사에 여념이 없는 구손을 극히 공경하는 모습에 내심 웃었다. 그가 관상과 수상을 봐주며 몇 가지 좋은 말을 하자 홀딱 넘어간 연만중 내외가 재밌었기 때문이다.

아니다.

연만중 내외 뿐 아니라 제자 연철생도 어느새 구손에게 찰싹 달라붙어 있었다. 그가 관상과 수상을 봐주며 지껄인 몇 마디 고대 영웅의 고사에 푹 빠진 모습이다.

대제자 진호군이 있었다면 결코 있을 수 없는 일!

그러나 현재 진호군은 없었다.

호검관이 불타던 밤, 처제 소하연과 함께 감쪽같이 행방불명되었다. 생사가 불명함은 물론이거니와 어디에서 무얼 하는지도 알 수 없었다.

그래도 다행이랄까?

진호군과 쌍령, 무당파 칠성검수들의 분투 덕분에 호검관이 잿더미로 변했음에도 다른 제자들은 모두 무사했다. 단 한 명의 사상자도 없이 집으로 돌아가 부모들과 따뜻한 밥을 먹고 있었다.

섭가장에서의 하룻밤이 끝난 후 한 집도 빠짐없이 가정 방문을 한 적천경에게 다복객점은 마지막 종착지였다. 가장 미더운 곳이기에 그리할 수 있었다.

'그러고 보니 철생이는 호군이를 특별히 잘 따랐었지. 다른 아이들처럼 건강해 보이니 다행이로구나.'

내심 고개를 끄덕인 적천경이 손짓해서 연철생을 부른 후 담담하게 말했다.

"호검관이 불에 탄 건 잘 알고 있겠지?"

"예, 사부님!"

"그래서 한동안 사부가 네 무예(武藝)를 지도해 줄 수 없게 되었다. 그러니 사부가 다시 널 부를 때까지 부모님 말씀을 잘 듣고, 기본팔예(基本八藝) 수련을 꾸준히 하도록 하거라!"

"명심하겠습니다!"

"기본팔예의 핵심 요결에 대해 말해 보거라."

"에……."

냉큼냉큼 잘 대답하던 연철생이 말문이 막힌 듯 머뭇거렸다.

기본팔예란 적천경이 호검관에 들어온 수련생들에게 항상 가장 먼저 가르치는 무예의 요결을 뜻한다. 천하 각 문각파의 권결과 무결 중 핵심을 취합하여 그가 쉽게 구결화 시킨 것으로 호검팔연식의 첫걸음이자 기초라 할 수 있었다.

얼굴이 빨갛게 변한 연철생에게 적천경이 담담하게 말했다.

"장(掌)을 펼침에 있어 보법은 항상 원으로 걷는 걸 기본으로 한다. 그 핵심 요결은 천(穿), 환(換), 개(開), 합(合), 개(蓋), 도(挑), 핍(逼), 연(研)의 여덟 가지로 모두 장법이 이치에 맞게 발(發)하여야만 한다. 형의(形儀)는 오행생극(五行生剋)에서 뜻을 취하고 팔괘(八卦)는 음양생화(陰陽生化)에서 이치를 얻은 것이다. 또한 권(拳)은……."

"……."

갑작스러운 적천경의 기본팔예 강론에 연철생은 연신 고개를 주억거리기에 바빴다. 사부가 이렇게 인자하고 세심한 가르침을 내려주는데 어찌 감히 잠시나마 한눈을 팔 수 있겠는가.

그렇게 기본팔결을 모두 풀어서 설명해 준 적천경이 다시 몇 가지 질문을 던졌다. 연철생이 잘 알아들었는지를 살피기 위함이었다.

"그래, 그만하면 되었다. 이만 가 보도록 하거라!"

"예, 사부님!"

적천경이 손을 뻗어 꾸벅 고개를 숙여 보이는 연철생의 머리를 한 차례 쓰다듬어 준 후 연만중 내외와 몇 마디를 더 나눴다. 이로써 가정방문은 모두 끝이 나는 셈이었다.

한데 그때 다복객점의 문을 두드리는 소리가 들려왔다.

쾅! 쾅! 쾅!

연만중이 당황한 기색을 한 채 문으로 달려갔다.

"허참! 문 부서지겠소? 어찌 그리 장사하는 집 대문을 심하게 두드리시는 것이오!"

"죄송합니다! 저는 철생이의 사형인 진호군이라 합니다! 철생이를 보고 할 말이 있어서 왔으니 문을 좀 열어 주십시오!"

'호군?'

적천경의 눈에서 번개 같은 안광이 일어났다.

진호군!

자신의 대제자가 왔단다. 잿더미로 변한 호검관을 보고 내내 노심초사(勞心焦思)했던 그의 마음에 어찌 격동이 일지 않을 수 있겠는가.

그때 다복객점의 문이 열렸다.

그리고…….

3장

재회(再會)

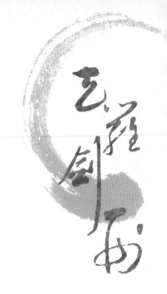

　"엇!"

　다복객점 주인 연만중이 문을 열어 주자 안으로 들어서
던 진호군이 자신도 모르게 소리 질렀다.

　그럴 수밖에 없다.

　연만중의 뒤로 사부 적천경이 서 있었다. 마치 그가 올
것을 알고 기다렸다는 듯이 말이다.

　"사부님!"

　진호군이 적천경을 부르며 바닥에 털썩 엎드렸다. 두 눈
에는 어느새 굵은 눈물이 흘러내리고 있었다. 나이 십오
세를 넘긴 후 처음 있는 일이었다.

적천경이 담담하게 말했다.

"호군, 일어나라!"

"예! 예!"

진호군이 연신 대답하며 자리에서 일어서 얼른 소매로 눈 주위를 훔쳤다.

그는 호검관의 대사형이다.

이런 약한 모습을 사제 연철생의 집에서 보일 수는 없었다. 그리고 사부 적천경에게 할 말도 있었다.

"사부님, 하연 누님은 무사하십니다!"

"그렇구나……."

적천경이 차마 먼저 묻지 못했던 질문에 대한 답을 얻고 안도한 표정이 되었다.

툭! 툭!

그리고 진호군의 어깨를 두들기는 두 차례의 손길.

울컥!

진호군이 사부 적천경의 조용한 격려에 다시 눈이 붉어졌다. 갑자기 울보가 된 것 같다. 검을 몇 번이나 맞았을 때도 이렇진 않았는데 말이다.

적천경이 말했다.

"꽤 심하게 당했구나! 몇 군데나 칼을 맞은 것이냐?"

"다섯…… 아니, 여섯 군데 가량을 베이고 찔렸습니다.

본래 내장이나 근골이 상하진 않았으니 크게 걱정하실 필요 없습니다."

"그렇구나."

적천경은 진짜 진호군을 더 이상 걱정하지 않았다.

두 차례 어깨를 두드린 순간, 그는 장심에 진기를 모아서 순식간에 진호군의 체내를 투시(透視)했다. 부상이 있다는 걸 보는 즉시 눈치챌 수 있었기 때문이다.

그때 부친의 말을 듣고 연철생이 뛰쳐나왔다.

"대사형!"

"오! 철생이 잘 지냈냐?"

"집에서 매일같이 식당 일 도우면서 하루하루 보내고 있었습니다."

"하긴, 네놈한테는 주방 숙수가 되는 게 어울릴지도……."

"대사형!"

연철생이 사부 적천경만 있을 때와 달리 어린애답게 까불거리는 모습을 보였다. 그에겐 대사형 진호군이 적천경보다 훨씬 더 사부 같은 존재였기 때문이다.

그렇게 두 사형제가 재회의 기쁨을 나누고 있을 때였다.

다복객점 쪽으로 한 명의 죽립인이 다가들었다.

황금귀상련 산하 비밀 무투조직, 암룡혈풍대의 대주 무

영귀견수 장호웅의 등장이었다.

'저자는……'

서로 장난을 치고 있던 제자들을 흐뭇하게 바라보고 있던 적천경의 눈에 이채가 어렸다.

죽립으로 가려진 얼굴.

그럼에도 묘한 냉기가 멀리 서 있는 적천경에게까지 전해진다.

게다가 언제든 뽑힐 수 있게 준비된 허리춤의 검.

쾌검수(快劍手)?

그보다는 사람을 죽이는데 익숙한 자라는 생각이 든다. 그렇지 않고선 걸음을 옮기는 와중에도 계속 바뀌고 있는 발검 자세를 설명할 길이 없으니까.

슥!

그때 적천경 앞에 도달한 장호웅이 죽립의 챙을 살짝 치켜 올리며 말했다.

"호검관주가 되시오?"

"맞소."

"부련주님이 찾으니 날 따라 오시오."

'부련주? 황 소저를 말하는 건가?'

적천경의 뇌리로 오늘 새벽이 되자마자 나현과 시간차로 호검관을 떠난 황조경이 떠올랐다. 그녀 외에 자신을 찾을 만한 '부련주'는 알지 못했기 때문이다.

진호군이 말했다.

"장 대협, 하연 누님은 어떻게 하고 오신 겁니까?"

"소 소저는 현재 부련주님과 함께 계시네."

"부련주님? 황조경 누님을 말씀하시는 겁니까?"

"그러네."

장호웅의 대답을 들은 진호군의 잔뜩 긴장해 있던 표정
이 조금 풀렸다. 사부 적천경을 제외하고 그가 가장 신뢰
하는 사람은 다름 아닌 황조경과 쌍령이었다. 그녀들 중
한 명이 소하연과 함께 있다니, 마음이 크게 놓일 수밖에
없었다.

그때 다복객점 안에서 구손이 나왔다.

"적 현제, 슬슬 이 동네를 떠날 때가 된 것 같네."

"이 동네를 떠날 때가 되셨다고 하셨습니까?"

"그러네."

적천경이 구손에게 이유를 묻는 대신 장호웅에게 말했
다.

"장 대협은 황금귀상련 소속인 듯하니 단도직입적으로
묻겠소."

"그러도록 하시오."

"황 소저는 이번 일에 대해 모르고 있었던 것일 테지

요?"

"본인은 오로지 련주님의 명을 받을 뿐이오."

"그렇군. 황 소저에게 안내를 부탁드리겠소."

"……."

장호웅이 적천경을 잠시 바라보곤 죽립의 챙을 밑으로 내렸다.

문득 가슴 한구석에 피어난 진득한 살기!

태생적인 한계로 인해 얻은 살심(殺心)이 난마(亂馬)처럼 날뛰기 시작했다. 적천경을 만난 직후부터 말이다.

손이 간지럽다.

당장 검을 뽑아서 눈앞의 적천경을 베어 버리고 싶었다. 그는 충분히 그런 일을 당할 자격이 있었다.

하지만 지금은 안 된다.

그런 짓을 했다간 부련주 황조경를 볼 면목이 없었다. 그리고 또 한 명의 여인…….

소하연의 백합과 같은 얼굴을 떠올린 장호웅이 적천경으로부터 천천히 신형을 돌려 세웠다. 살심으로 인해 폭발할 것 같은 심장의 박동을 억지로 눌러버린 것이다.

*　　　*　　　*

"방금 뭐라고 했지?"

"그게 그러니까……."

"사족 빼고 말해!"

나현의 얼굴에 짜증이 일었다. 그러자 그의 앞에 부복해 있는 몸매가 그대로 드러나는 요염한 옷을 걸친 여인의 얼굴에 공포가 어렸다.

"……십살귀 염독은 죽은 채 발견됐다고요! 그는 죽었 어요!"

"염독이 죽었다?"

"예, 하오문의 비밀 은신처에서 목을 매달고 죽어 있었 어요."

"왜?"

"예?"

여인이 반문한 것과 동시였다.

퍽!

나현의 발이 번개같이 움직여 여인의 어깨를 걷어차 뒤로 발라당 넘어뜨렸다.

그러자 드러나는 여인의 진면목!

수일 전 십살귀 염독에게 황조경을 안내했던 묘랑이다. 그 뒤 자취를 감췄었는데, 이런 곳에서 다시 등장을 했다.

아니다.

그녀의 등장은 한참 더 전에 있었다.

섭가장.

그곳의 엄중한 기관진식 속에서 그녀는 약속했던 대로 나현과 황조경에게 신호를 보내고, 함정에 빠뜨렸다. 그곳에서 두 사람이 죽기를 바랐음이 분명하다.

그러나 불행하게도 나현과 황조경은 그녀의 바람과 달리 섭가장에서 무사하게 빠져나왔다. 오히려 그곳에 숨어 있던 신마혈맹의 잔당들이 모조리 소탕되어 버리고 말았다.

우연한 조합의 결정체랄까?

본래 섭가장은 한 사람의 절대고수를 죽이기 위해 만들어진 일종의 살인기관, 그 자체였다. 신마혈맹의 잔존 세력에 대한 정보를 흘려서 유인한 후 살인기관을 일제히 가동시켜서 죽이는 게 음모자들이 세운 계획의 요체였다.

천하제일의 독술가!

대인(對人)에 대한 대단위 범위(範圍) 공격에 가장 능한 여인!

— 미신 당세령!

정파 삼신 중 일좌이자 신마혈맹과 관련된 마도인들을

가장 많이 죽인 절대고수가 그들의 목표였다. 그녀를 죽이기 위해 철저한 준비를 했다. 그럴 수 있다고 여겼다.

한데 문제가 발생했다.

하필이면 당세령을 함정에 빠뜨릴 시점에 나현과 황조경이 섭가장에 뛰어든 것이다.

나현이 길을 열고, 황조경이 어장검이란 절세보검을 이용해 기관진식의 외곽을 박살 냈다. 그들에게 살인기관의 상당수를 집결시킬 수밖에 없어졌다.

게다가 또 다른 침입자도 있었다.

적천경과 구손이다.

기관진식의 달인인 구손의 안내를 받아서 적천경은 단숨에 섭가장의 핵심부로 침투해 들어왔다. 그사이 살인기관의 중요한 연결부를 하나하나 해체해 버렸음은 물론이다. 나중에 탈출할 때 걸리적거리지 않도록 구손의 지시를 받아 깔끔하게 박살 내버렸다.

그리고 결정적인 한 방!

바로 미신 당세령의 등장이었다.

그녀는 흡사 기다렸다는 듯 나현, 황조경, 구손, 적천경이 박살 낸 섭가장의 살인기관 사이로 걸어 들어왔다. 별다른 저항이나 위협도 받지 않고서 기관 핵심부까지 침투해서 기관장이라 할 수 있었던 기문소마존의 제자 유청을 잡아갔다. 처음부터 그게 목표였던 것처럼 말이다.

정말 엄청난 우연이다.

굉장한 조합의 산물이라 할 만하다.

정보계에서 종사한 적이 없는 머리 나쁜 자라면 분명 그리 생각할 터였다. 그냥 대충 고개를 갸웃거려 보인 후 넘겼을지도 모른다.

물론 나현은 그런 자들의 범주에 속하지 않는 사람이었다.

오히려 정반대 편 극단에 속한 자라 할 수 있었다.

"모든 건 네년이 날 십살귀 염독에게 안내했을 때부터 철저하게 계획된 일이었다! 그 후 녀석이 은신처에서 목을 매달고 죽은 것까지 포함해서 말이야! 그렇지 않느냐?"

"악! 으악! 악"

나현은 한편으론 머리를 굴리고, 묘랑을 추궁하면서도 결코 손발을 놀리지 않았다.

극도로 정제된 타격기!

아주 아픈 곳만 골라서 때린다.

인간이 어떤 곳을 맞아야 고통스럽고, 공포를 느끼는지 오랫동안 연구한 내공이 느껴지는 구타다. 아주 숙달되어져 있다. 무려 부영반 주약린에게 칭찬까지 받았던 고문술의 극치를 마음껏 발휘했다.

결국 묘랑이 벌벌 떨면서 양손을 들어 올렸다.

"사, 살려 주세요! 모두 털어놓겠습니다! 하나도 빠짐없이 털어놓고야 말겠어요!"

"말해!"

"그러니까……."

"군소리 빼고!"

"……예!"

공포로 찌든 얼굴을 한 채 묘랑이 자신과 신마혈맹, 하오문이 얽혀 있는 복잡한 구조에 대해 모조리 털어놓았다.

그녀 역시 하오문에서 잔뼈가 굵은 몸!

이런 중요한 정보를 발설하면 죽는다는 걸 안다. 그래도 지금 당장 고문의 고통을 피하기 위해서 말해야만 했다. 하나도 빠짐없이 말하고 편해지고 싶었다.

그렇게 나현이 만들었다.

긁적! 긁적!

눈앞에서 거의 혼백이 빠진 모습으로 도망가는 묘랑의 뒷모습을 바라보며 나현은 뒤통수를 긁었다.

곤란한 표정이 깃든 얼굴.

뭔가 알아선 안 되는 정보를 얻어 버렸다. 적천경의 호검관이 습격 받고 그의 처제와 제자가 행방불명된 사건의 뒤를 캐다가 이상한 상황에 봉착해 버렸다는 판단이다.

창위와의 관련?

그런 건 없었다.

정보 계통에서 가끔 벌어지는 일이 발생했을 뿐이다. 다양한 정보를 끌어 모으던 중 얻어 걸린 사건의 단편이 부영반 주약린에게 들어갔고, 그녀는 그걸 적천경에게 사용한 것이다.

그렇다면 어떻게 그런 정보가 창위 쪽에 흘러들어간 것일까?

대충 짐작이 간다.

지금은.

상계!

항상 정계나 병부, 관부 쪽과 밀접한 관계를 맺고 있는 자들이 끼어들었다. 그들 간의 세력 싸움 중에 호검관이 말려들고 말았다는 판단이다.

왜? 어째서?

그런 질문은 중요치 않다.

지금 당장은 그랬다.

그래서 질문을 바꿔 본다. 어디가? 어떤 힘을 동원해서? 로 말이다.

그렇게 접근했다.

그리고 알아낸 첫 번째 끈이 하오문! 그다음이 섭가장! 마지막 종착지는 신마혈맹의 잔당과 그들의 지원자였다!

지원자!

드디어 핵심에 접근했다.

단언컨대 현 무림은 정파 천하다. 칠 년여 전 신마혈맹과 주축이었던 십대 세력이 붕괴된 후 정천맹을 중심으로 한 정파의 힘은 역대 최대, 최강이 되었다. 어떤 마도나 사도 세력도 감히 정천맹과 구대문파, 오대세가, 삼대병기보의 위세에 도전하지 못하고 있었다.

그런 상황에서 신마혈맹 잔당을 후원한다?

미친 짓이다.

만약 정천맹 쪽에 정보가 들어가기라도 한다면 당장 멸문지화(滅門之禍)를 당하고 말 터였다. 그게 무림 세력이라면 분명 그러했다.

하지만 무림 세력이 아니라면?

정계와 병부, 관부 쪽에 막강한 힘을 발휘하는 상계의 거물이라면?

얘기가 좀 달라진다.

어째서 그런 짓을 하는지는 차치하고, 충분히 정천맹을 중심으로 한 정파 천하의 시야를 벗어날 수 있을 터였다. 합당한 이유가 있다면 충분히 해 볼 만한 일이란 뜻이다.

그렇다.

여기까진 이해의 범주였다.

개인적인 감정을 배제하고 그럴 법한 얘기라 생각할 수
있었다.

하지만 묘랑을 심문하던 중 얻은 확신!

신마혈맹 잔당을 뒤에서 지원하는 상계 거물의 존재!

심증상 가장 근접한 용의자의 정체가 나현을 곤란하게
만들었다. 어쩌다 보니 동료가 된 사람과 너무 깊이 관련
된 인물이었기 때문이다.

'아직은 심증뿐이니까…… 잠시 묻어 둘까?'

결론이다.

꽤나 깊은 고민 끝에 내린 미봉책이었다.

까닥!

그렇게 살짝 책임 회피를 선택한 나현이 고개를 한차례
풀고 터벅터벅 호검관으로 향했다. 적천경을 만나면 어떤
말을 해야 할지 고민하면서 말이다.

*　　　*　　　*

성현장(聖賢莊).

고풍스럽고 우아한 건축물이 세련되게 배치되어 있는

이 고택은 얼마 전까지 황금왕 황대구가 머물던 안가 중 하나였다. 그가 떠난 후 잠시 방치되었다가 장호웅의 호위를 받아 돌아온 소하연이 임시로 머무는 장소가 되었다.

그리고 지금, 그곳의 안채에서는 오랜만에 만난 두 여인이 도란도란 이야기꽃을 피우고 있었다.

"후후, 그랬단 말이지?"

"예, 정말 호군이 아니면 큰일 날 뻔했어요."

"자식! 그래도 밥값은 했군. 여태까지 어린아이라고만 생각했는데, 생각보다 쓸 만한 사내가 되었어!"

"저 때문에 부상을 많이 당했는데 한시도 쉬지를 않으려 해서 걱정이에요."

"뭐, 죽지 않을 정도만 다쳤다는 뜻일 테지."

"그렇지 않아요! 호군은 정말 많이 다쳤어요! 절 보호하려다가……."

잠시 목이 메는지 소하연이 말끝을 흐렸다.

'호오?'

황조경의 눈에 이채가 어렸다. 소하연이 진호군을 두둔하는 모습에서 뭔가 느껴지는 바가 있었다.

"하연 동생, 그동안 호군에게 무척 의지했었구나?"

"……예?"

"호군에 대해 말하는 게 평소와 많이 달라진 것 같아 하는 말이야."

"언니!"

소하연이 저도 모르게 살짝 얼굴을 붉히며 황조경에게 화난 표정을 지어 보였다. 그녀의 말을 듣고 갑자기 마음 한구석이 뜨끔해지고, 부끄러움을 느낀 것이다.

황조경의 눈가에 살짝 잔주름이 생겼다. 입가에도 놀림의 기운이 완연하게 꽃을 피웠다.

"얼굴이 빨개진 걸 보니 진짠가 보네?"

"누구 얼굴이 빨개졌다는 거예요?"

"빨개졌잖아!"

"……."

"여기! 여기!"

황조경이 장난기 가득한 얼굴로 소하연의 볼을 손가락으로 꾹꾹 찔러 대자 그녀가 당황해 뒤로 물러나다 자빠져 버렸다.

쿵!

"하연 동생!"

놀란 황조경이 얼른 소하연에게 다가갔다. 병약한 그녀가 혹시 다치기라도 했을까 봐 얼굴에 근심이 가득하다. 너무 심하게 놀렸다는 자책감까지 느꼈다.

한데, 그때 거짓말처럼 방문이 열렸다.

드르륵!

'망할!'

벌렁 자빠져 있는 소하연을 감싸려던 황조경의 얼굴이 가볍게 일그러졌다. 문이 열리고 안에 들어선 적천경과 눈이 딱 마주쳤기 때문이다.

"처제!"

"혀, 형부……."

"적 관주……."

황조경이 얼른 변명을 하려다 뒤로 밀려났다. 거두절미 (去頭截尾)하고 적천경이 소하연에게 다가와 그녀를 일으켜 세웠다. 양손이 자연스럽게 명문과 천령(天靈)을 향하는 게 이와 같은 일이 꽤 여러 번 있었던 것 같다.

'……하연 동생은 발작을 일으킨 게 아니에요!'

그래서 황조경은 뒷말을 꿀꺽 삼켰다.

왠지 눈앞의 적천경에게 그런 말을 해봤자 소용이 없을 것 같았다. 무시당할 것만 같았다. 그리고 그리되면…….

'내가 너무 비참해질 것 같잖아! 병약한 하연 동생을 질투할 것 같잖아! 어리석은 규방의 여인네처럼…….'

내심 씁쓸함을 삼킨 황조경이 조용히 침묵을 지켰다.

그렇게 얼마나 시간이 지났을까?

슥!

양손바닥에 진기를 한껏 집중해서 소하연의 막혀 있는 혈맥을 풀어준 적천경이 그녀를 놔줬다.

호검관을 떠날 때와 달라진 점이 있다.

막대한 내력을 소하연에게 쏟아 붓고도 적천경은 그리 힘들지 않아 보였다. 몇 차례 똑같은 일을 해도 될 만큼 내력의 수준이 높아졌기 때문이다.

— 장천사와의 만남!

그로 인한 작은 깨달음이 그의 무공 수준을 상승시켰다.

과거보다 마음대로 다룰 수 있는 내력의 양과 정순함이 한 단계 이상 올라갔다고 할 수 있을 터였다. 여전히 사부를 떠나 올 때와는 비교할 수 없지만 말이다.

'하지만 설사 그때의 무위를 회복한다 해도 처제의 절맥증을 치료할 수는 없을 것이다. 나는 의선(醫仙)이 아니니까……'

다시 처제 소하연의 내부를 관(觀)한 후 명확해졌다.

절맥증!

천하에 용하다는 명의들 중 누구도 제대로 된 병명조차 알아내지 못한 불치병은 그 사이 더욱 깊어졌다. 호검관이 습격당한 후 고생을 많이 해서인지 혈맥이 훨씬 심하게 굳어진 것이다.

한데도 처제 소하연의 안색은 병색이 크게 사라졌다.

창백함이 평소보다 덜했다.

은은하게 감도는 붉은 기운은 흡사 복사꽃을 보는 듯하다.

아내 소연정을 닮은 미모가 활짝 꽃피워서 절정의 아름다움을 앞둔 것만 같았다.

꿈틀.

'……연정도 이랬다!'

아내 소연정을 떠올린 적천경의 눈가에 작은 경련이 스쳐 갔다.

가슴속에 묻은 아내…….

숨을 거두기 몇 달 전 그녀는 눈앞의 소하연처럼 불가사의할 정도로 아름다워졌다. 보고 있기만 해도 가슴이 아릴 정도로 아름답고 건강해져서 병이 다 나은 게 아닌가하는 착각에 빠지게 만들었다.

아니다.

그건 착각이 아니라 희구(希求)였다. 절망의 끝에 선 자의 간절한 바람이었다.

그리고 몇 개월 후 적천경은 아내 소연정을 떠나보냈다.

아프다!

가슴 한구석이 무너져 내리는 것만 같다. 또다시 찾아온 죽음의 그림자에 숨이 막혀 온다. 그동안 어떠한 해법도 찾지 못한 자신의 무력감을 견디기 힘들었다.

그래도 참아야 한다.

처제 소하연을 걱정하게 해서는 안 되니까.

한차례의 호흡으로 오래전 구멍난 가슴 한구석의 상처를 가린 적천경이 입가에 담담한 미소를 매달았다.

"처제, 건강해 보여서 다행이구나."

"형부……."

소하연이 적천경을 부르고 낯을 가볍게 붉혔다. 그의 품에 안겨 있는 자신의 모습을 뒤늦게 눈치챈 것이다.

적천경이 그녀를 놔줬다.

"그래도 너무 무리하진 마라. 언제든 발작이 올 수 있으니까."

"……예."

적천경이 거의 기어들어가는 목소리가 된 소하연에게 한차례 고개를 끄덕여 주고 황조경에게 고개를 숙여 보였다.

"오면서 들었습니다. 이번에도 황 소저에게 큰 도움을 받았습니다."

"적 관주가 오해하신 거예요. 저는 이번 일에 별로 도움된 게 없어요."

"그렇지만……."

"예! 분명히 그래요!"

평소보다 목소리를 높여서 적천경의 말을 중간에 끊은 황조경이 이맛살을 살짝 찌푸려 보였다.

"이번 일의 공은 전적으로 련주님께 있어요. 쌍령이 무당파에 도착하기 전에 이미 본련의 비선 조직 전체를 총동원해서 하연 동생과 호군의 행방을 추격하신 것 같아요. 그래서 한동안 저조차 본련의 비선 조직을 제대로 활용할 수 없었구요."

"……."

적천경이 입을 다문 채 황조경을 바라봤다. 그녀의 설명이 묘하게 꾸며진 것 같았기 때문이다.

그러나 단지 그뿐.

곧 적천경이 자신과 차마 시선을 맞추지 못하고 있는 황조경의 부담을 덜어줬다.

"나는 황 소저를 믿습니다."

"저는……."

"그러니 더 이상 설명할 필요는 없습니다."

"……."

황조경이 적천경의 말에 따라 입을 다물었다. 그의 신뢰가 담긴 눈빛에 가슴 한구석이 뜨겁게 달궈지는 걸 느낀다.

그때 방문이 다시 열리며 구손의 목소리가 들려왔다.

"환자가 있다고 들었습니다만?"

'환자?'

황조경이 의아한 표정이 되었다가 곧 환한 표정으로 구손에게 소리쳤다.

"구손도장, 의술에도 능하시지요?"

"무량수불! 능할 정도는 아닙니다."

"하지만 무당파 장문인도 막 고치고 하셨잖아요?"

"장문인을 고친 게 아니라 그냥 위급함만 조금 덜어드렸을 뿐입니다. 당시 장문인의 내상을 고치는데 결정적인 도움을 주신 건 매화검신 도우님이셨습니다."

"아! 됐고! 어서 이리 와서 하연 동생의 진맥을 해 줘요!"

"예! 예!"

구손이 연달아 대답한 후 방 안으로 들어왔다. 의술에 자신 없다고 한 사람답지 않게 손에는 침통과 몇 가지 의료도구가 들려져 있었다.

구손이 소하연의 진맥을 보는 동안 적천경과 황조경은 방에서 물러나야만 했다. 구손이 조용하게 환자의 상태를 살필 시간이 필요하다고 말했기 때문이다.

그렇게 얼마나 시간이 지났을까?

방문 밖에서 어색하게 서성대고 있는 두 사람을 향해 나현이 터덜거리며 걸어왔다. 입이 툭 튀어나와 있는 게 매우 불만스러워 보인다.

"썩을! 서신 하나 남기지 않고서 어딜 갔나 했더니 이런 곳에서 연애질이나 하고 있었구만!"

"연애질이라니!"

황조경이 버럭 화를 낸 후 손가락 하나를 들어서 나현을 삿대질하며 경고하듯 말했다.

"나 대협, 그런 비속한 말은 하는 게 아니에요!"

"비속한 말이 아니라 진실한 말이지!"

"싸우자는 건가요?"

황조경이 차가워진 표정으로 품에서 어장검을 끄집어냈다. 섭가장에서 살인기관에게 했던 짓을 나현에게 그대로 재현하려는 의도를 드러낸 것이다.

움찔!

나현이 오싹 소름이 돋는 표정이 되었다. 황조경이란 여인이 한다면 하는 성격임을 경험을 통해 알고 있었다. 빈

정이 상해 놀리는 짓은 이쯤에서 거두는 게 마땅할 터였
다.

"천경 아우, 호검관 말인데, 그대로 놔둘 건가?"

"재건을 하긴 해야 하겠는데……."

"그래, 어떻게든 해야지. 오늘 보니, 며칠 전에 내린 비
때문에 더욱 볼썽사나워 졌더구만."

"……그러게 말입니다."

적천경이 그답지 않게 자신 없는 표정으로 대답하자 황
조경이 얼른 끼어들었다.

"적 관주님, 호검관의 재건은 염려 마세요. 제가 방법을
강구해 보겠습니다."

"그러실 필요까진 없습니다."

"아니에요. 제가……."

"그러시지 마십시오!"

적천경의 목소리가 강해지자 황조경이 아차한 기색이
되었다. 그의 자존심을 건드렸다는 생각이 들었기 때문이
다.

아니다.

착각이었다.

적천경이 곧 평소와 다름없어진 표정이 되어 말했다.

"그동안 황 소저에게 많은 도움을 받았습니다. 항상 감

사하게 생각합니다. 하지만 호검관의 재건만은 제 힘으로
하고 싶습니다."

'아! 호검관은 연정 동생과 적 관주가 함께 만든 곳이었
지!'

적천경의 속내를 단숨에 읽어낸 황조경의 얼굴이 가볍
게 굳었다.

가끔 이런 자신이 싫어진다.

적천경을 사랑하면서 그가 심중에 묻은 전처의 그림자
조차 존중할 수밖에 없는 오지랖이 진절머리 난다.

상계의 싸움!

그 치열한 암투와 전(錢)의 전쟁!

어디에서도 결코 황조경은 뒤로 물러나 본 적이 없었다.
그녀의 자존심이 그런 상황을 허락하지 않았다.

하지만 사랑은 다르다.

자신을 죽이고 상대를 생각해야만 한다. 사랑하는 만큼
배려하고, 안타까워해야만 한다. 적천경이란 남자를 바라
보는 동안 그렇게 길들여져 버리고 말았다.

그 같은 생각과 함께 황조경이 짐짓 호쾌한 웃음을 지
어 보였다.

"적 관주의 뜻이 그렇다면 어쩔 수 없겠지요. 아쉽네요.
내가 이번에 아주 크게 돈을 써서 호검관을 멋지게 재건해

드릴려고 했는데…….”

“죄송합니다.”

“……그러지 마세요!”

방금 전과 비슷하달까?

언제 헛웃음을 지어 보였냐는 듯 강하게 적천경의 사죄를 거두게 한 황조경이 신형을 돌려 대청 쪽으로 걸어갔다. 표정 관리가 안 되는 걸 적천경에게 들키기 싫어 자리를 피해 버린 것이다.

퍽!

나현이 적천경의 등짝을 강하게 주먹으로 때렸다.

내공이 담기진 않았으나 제법 맵다.

무공을 익히지 않은 사람이었다면 단번에 피를 토하고 바닥에 나자빠졌을 정도의 위력이었다.

“나 대형…….”

“머저리같이 무슨 짓이냐?”

“…….”

“무관이 잿더미가 돼서 제자 놈들은 사방으로 흩어져 버렸다! 부모 잘 만난 놈들은 집에 돌아가서 다른 무관을 찾으면 되지만, 가난한 집 녀석들은 어쩌란 거냐? 네놈은 사부란 자가 제자들을 버릴 작정이냐?”

“그런 일은 일어나지 않을 겁니다!”

"그럼 호검관은 어찌 재건할 작정이냐? 설마 표사(鏢師)나 부잣집의 보표(保鏢)가 돼서 한 푼, 두 푼 벌어서 십 년쯤 지니시 재건할 생각을 한 것이냐?"

"……."

적천경이 입을 다물었다. 나현의 호통을 듣고 말문이 막혀 버린 것이다.

나현이 흥분을 가라앉히고 말했다.

"게다가 네놈, 예전에 무림에서 난장판을 벌였던 신마혈맹 녀석들과 은원이 있었던 것 같더구나?"

"그런 것까지 아셨습니까?"

"내가 이래 봬도 창위에서 몇 손가락 안에 들어가는 정보통이었다. 부근의 하오문과 흑도(黑道) 녀석들을 며칠 동안 쑤시고 다녔더니, 대충 몇 가지 이상한 움직임이 붙잡히더구나. 그리고 그런 움직임이란 건 중간에 꼬리가 잘리기 전에 재빨리 붙잡고 늘어지면 가끔 왕건이가 걸리곤 하는 법이거든."

'지난 며칠 간 나 대형이 바빴던 이유로구나!'

적천경은 내심 감탄했다.

나현과 의형제를 맺은 건 전적으로 구손 때문이었다. 그가 벌인 일련의 어처구니없는 행동으로 인해 세 사람은 졸지에 결의형제가 되었다.

그러나 이제 와 생각해 보면 나현은 정말 빼어난 점이 많은 사람이었다. 성격적인 결함이 있긴 하나 실력 하나는 확실했다. 적어도 정보력과 단호한 결단과 판단력만큼은 초일류였다. 형님으로 모신 것에 대해 결코 후회가 되지 않았다.

나현이 말을 이었다.

"그런 상황에서 네 녀석이 취할 수 있는 가장 좋은 방도는 부잣집 데릴사위가 되는 거다!"

'방금 했던 생각은 취소다! 역시 나 대형은 성격적으로 문제가 너무 많아!'

"그렇게 노골적으로 짜증 나는 표정 짓지 마라! 본래 세상이란 게 그러니까! 네가 비록 천하무쌍의 무공을 익혔다 해도 하늘에서 뚝 하고 재물이 떨어지는 게 아니란 거다! 아니면 칼 하나 들고 강도질이라도 할 테냐? 녹림의 도적이 돼서 부자 놈들 봇짐이라도 털 생각이냐는 거다!"

"……."

"흥! 그건 싫지? 그러니 부잣집 데릴사위가 될 기회가 왔으면 잡으란 거다! 하물며 황 소저는 미인이잖아? 저만한 미인에 능력과 재력을 동시에 갖춘 여자, 천하를 뒤져도 거의 없다! 내가 십 년만 젊었으면……."

나현이 진심으로 아깝다는 표정으로 말을 잇다가 입을

다물었다.

생각해 보니 그의 문제는 나이뿐이 아니다.

아주 심각한 부분이 결여되어 있었기에 황조경과는 결코 이뤄질 수 없다고 할 수 있었다. 다른 여자와 마찬가지로 말이다.

"……쳇! 복에 겨워서는!"

"……."

결국 퉁명스럽게 혀를 찬 나현이 마치 준비해 뒀던 것인 냥 화제를 돌렸다.

"그래서 처제와 재회는 잘 했더냐?"

"예. 한데 나 대형은 어찌 알고 이곳에 찾아오신 겁니까?"

"어찌 알긴!"

갑자기 살짝 화를 낸 나현이 뒤쪽으로 손가락질을 해 보였다. 문 저편에 서서 석상처럼 움직이지 않고 있는 장호웅을 가리켜 보인 것이다.

'저자가…….'

적천경이 새삼스럽게 장호웅 쪽을 바라보자 나현이 인상을 살짝 긁으며 말했다.

"보자마자 한바탕 싸울 뻔했다! 저놈, 굶주린 야수 같은 녀석이야!"

"……."

"그래서 말인데, 내 한 가지 괜찮은 소문을 들었다."

"괜찮은 소문이요?"

"그래, 네가 그렇게 싫어하는 부잣집 데릴사위가 되지
않고도 호검관을 재건할 수 있는 방도가 있을 것 같다."

"……."

"그렇게 보지 마! 강도짓 하라는 것도 아니니까!"

"말씀해 보십시오."

"그렇게 안도한 표정, 짓기냐! 내가 그렇게 믿음을 주지
못하는 거야!"

"……."

적천경은 굳이 해명하지 않았다. 가끔은 침묵이 상대에
대한 배려가 되기도 하니까.

"망할 놈!"

나현이 투덜대면서 자신이 들은 괜찮은 소문에 대해 말
하기 시작했다.

4장

살기가 짙은 제자를 받아들이다!

"천하제일영웅대회(天下第一英雄大會)라……."

적천경이 나직이 중얼거리자 살짝 상기된 표정으로 설명을 마친 나현의 목청이 상승했다.

"물론 네가 후기지수(後起之秀)들이 겨루는 비무대회(比武臺會) 따위에 참가할 이유는 없을 거다! 그리고 싶지도 않을 테고 말야!"

"……."

"하지만 내가 듣기로 이번에 정천맹에서 열리는 천하제일영웅대회는 우승 상금이 무려 일만 냥이야! 일만 냥!"

"……."

"호검관을 만들 때 든 돈이 얼마나 되지?"

"땅값까지 해서 천오백 냥 정도 될 겁니다."

"그렇지! 그렇지!"

연달아 소리를 친 나현이 적천경에게 바짝 다가들어 열에 들뜬 듯한 표정으로 말했다.

"천경 아우라면 가능하네! 천하제일영웅대회 우승이 가능해! 그러니 정천맹으로 가세! 가는 거야!"

'나 대형…… 다른 의도가 있는 게로군?'

의혹이 아니다.

확신이다.

그렇게 결론을 내린 적천경이 눈살을 찌푸리며 말했다.

"나 대형, 저는 이미 서른이 넘은 나이입니다. 어떻게 약관을 갓 넘긴 후기지수와 비무를 할 수 있겠습니까? 아마 참가도 불가능할 것입니다."

"누가 천경 아우를 서른이 넘었다고 하는데?"

"예?"

당황한 표정이 된 적천경의 얼굴을 손바닥으로 토닥인 나현이 단호하게 말했다.

"네 얼굴을 객관적으로 잘 봐! 어떻게 봐도 스물너댓

살 이상으론 보이지 않는다구!"

"……."

"아니, 사실 노숙한 말투만 빼면 이제 막 약관이 되었다고 해도 사람들은 믿을 거야. 적경 아우는 그만큼 완전 동안(童顔)이니 자신을 가져!"

"나 대형, 정천맹에 가서 뭘 하려는 겁니까?"

"……."

나현이 적천경의 냉엄한 시선에 찔끔한 표정이 되었다.

잠시뿐이다.

곧 그가 어깨를 가볍게 으쓱해 보이며 무슨 소리하냐는 듯한 행동을 취해 보였다.

"천경 아우도 이상한 소리를 하는구만? 무림에 아무런 연고도 없는 내가 정천맹에 무슨 볼일이 있겠어?"

"미신 당 소저!"

"……응?"

"나 대형은 미신 당 소저를 황후로 만들고 싶어 하셨습니다. 천하제일영웅대회를 명분삼아 정천맹에 가서 그녀에게 접근하려는 게 아닙니까?"

"……응?"

나현이 연속적으로 딴청을 부리자 적천경은 의혹이 확

신으로 변한 듯 입가에 비릿한 미소를 지어 보였다. 방금 전까지 나현과 결의형제를 맺기를 잘 했다고 생각했던 자신이 한심스러웠던 것이다.

그때 방문이 열리고 구손이 밖으로 나왔다.

청수한 얼굴에 깃든 피곤한 표정!

적천경이 얼른 그에게 다가가 조심스럽게 질문했다.

"구손 형님, 제 처제는……."

"어렵네."

"……그렇군요."

적천경의 표정이 어두워졌다.

그동안 무수히 많은 의원들을 만나서 들어온 말이라 이젠 면역이 되었다고 생각했다. 그런데 구손에게 다시 그런 말을 듣자 가슴 한구석이 먹먹해 온다. 어쩌면 불가사의한 능력을 지닌 그에게 내심 많은 기대를 했었던가 보다.

구손이 말했다.

"나 혼자서는 힘들겠네."

"예?"

"날 도와줄 사람이 필요하단 말일세. 의술과 독술 양쪽에 모두 최고의 경지에 오른 사람 말일세."

"……."

적천경이 잠시 멍청하게 구손을 바라보다 더듬거리며
말했다.

  "살릴 수 있는 겁니까?"

  "나 혼자서는 힘들다고 했네."

  "그러니까…… 살릴 수 있는 거로군요? 처제를 정말
살릴 수 있는 거예요!"

  "무량수불!"

  구손이 대답 대신 도호를 외웠다. 적천경의 얼굴에 떠
올라 있는 격동을 있는 그대로 받아들이기로 한 것이다.

  꽈악!

  적천경이 구손의 양어깨를 두 손으로 꽉 쥐었다.

  "고맙습니다!"

  구손이 인상을 썼다.

  "아프네!"

  "정말 고맙습니다!"

  "아프다고 했네! 다시 말하겠는데, 정말 아프네! 어깨
가 으스러질 것 같으니 그만 놔주게! 내 사정하도록 하
지!"

  구손이 애걸하듯 말하자 적천경이 그제야 그의 어깨를
놔줬다. 그새 구손의 두 눈에는 눈물까지 살짝 맺혀 있
다. 정말 아팠던가 보다.

그때 두 사람의 대화로부터 거리를 두고 있던 나현이 환해진 표정으로 끼어들었다.

"아우들 내 한 명 알고 있네! 의술과 독술이 최고의 경지에 오른 사람!"

'미신을 말하는 거로군……'

"정천맹의 천하제일영웅대회에 참가해 미신 당세령 소저에게 구손 아우를 돕도록 하는 걸세! 그럼 천경 아우의 처제의 병도 고칠 수 있고, 호검관을 재건할 자금도 마련할 수 있지 않겠는가?"

구손이 천천히 고개를 끄덕여 보였다.

"미신 당세령 도우라면 최적의 조건을 지닌 분이라 할 수 있습니다. 어쩌면 미력한 빈도의 도움이 없어도 당세령 도우라면 소하연 도우의 절맥증을 치료할 수 있을지도 모릅니다."

"그렇지! 이런 걸 일석이조(一石二鳥)라고 하는 걸세! 그렇지 않은가 천경 아우?"

"……."

적천경이 질렸다는 표정으로 나현을 바라본 후 구손에게 진지하게 말했다.

"구손 형님, 정말 미신 당 소저의 도움만 있으면 처제의 병을 완치시킬 수 있는 겁니까?"

"그럴 거라 생각하네. 하지만 한 가지 문제가 있네."

"어떤 문제입니까?"

"내가 알기로 미신 당세령 도우는 정천맹과 신마혈맹의 대전이 끝난 후 직접 사람을 치료하는 일을 그만 뒀다네."

"그건 어째서 그렇습니까?"

"신마혈맹과의 대전에서 그녀는 무척 많은 마인들을 독공으로 죽였다네. 무림의 안녕을 위해 어쩔 수 없었다곤 하나 사람을 구하는 게 직분인 의원으로서 깊은 자책감을 느꼈던 것 같네. 그래서 그녀는 약왕당의 당주가 된 후 휘하 의원들을 지휘할 뿐 직접 환자들을 치료하지 않게 되었다고 하네."

"그럼 정천맹에 가더라도 당 소저의 도움을 받긴 어렵겠군요?"

"그럴 걸세. 하지만……."

잠시 말끝을 흐린 구손이 신비로운 미소를 지어 보였다.

"……적 현제가 간곡히 부탁하면 당세령 도우의 도움을 얻을 수 있을 거라고 생각하네."

"예?"

"하하, 그런 게 있네! 그런 게 있어!"

갑자기 구손이 묘한 웃음을 터뜨리자 나현이 얼른 음흉한 표정으로 화답했다.

"암! 그런 게 있지! 그런 게 있어!"

"……."

두 의형을 바라보는 적천경의 표정이 심각해졌다.

*   *   *

― 천하제일영웅대회!

정천맹에서 신마혈맹과의 대전 승리를 기념해서 일 년마다 여는 비무대회다.

참가 자격은 정파 출신의 후기지수!

딱히 연령 제한은 없으나 암묵적으로 서른을 넘은 연령대의 중견 무인들이나 각 문파의 핵심 고수는 출전을 삼간다. 혹시라도 비무에 나섰다가 패배하기라도 한다면 평생 이룩한 명성에 흠집이 나고, 소속 문파의 얼굴에 먹칠을 하는 셈이기 때문이다.

그래서 첫 번째 대회는 생각보다 수준이 떨어졌다.

우승자 역시 크게 대우를 받지 못했다.

신마혈맹과의 대혈전으로 인해 정파의 잠재력 자체가

줄어든 데다 특출난 후기지수 역시 존재하지 않았다. 아직 정천맹의 체제가 자리 잡기 전이라 비무대회 따위에 대문파가 제대로 된 제자를 내보냈을 리 만무해서였다.

하지만 햇수를 더해 갈수록 무림은 정천맹 체제하에 안정되었고, 천하제일영웅대회의 수준 역시 올라갔다. 평화 시기가 길어지며 우후죽순(雨後竹筍)처럼 등장한 젊은 고수들이 일제히 천하제일영웅대회에서 입신양명을 꿈꾸게 되었기 때문이다.

물론 거기에 한 가지 더 이유를 찾자면…….

엄청난 상금!

그리고 우승자에게 주어지는 정천맹주와의 독대 기회라 할 수 있었다.

각 해 천하제일영웅대회 우승자들은 무림 중에 부와 명성을 동시에 누리게 되었고, 후기지수들은 그들을 우상으로 여겼다. 정파 천하가 지속되면서 벌어진 일종의 문화 현상이라 할 수 있을 터였다.

*　　　*　　　*

'흠! 그리고 보니 호군이나 다른 제자 녀석들도 꿈이 뭐냐고 물으면 천하제일영웅대회에서 우승하는 거랬

지…….'

성현장의 정원을 홀로 거닐며 적천경은 잠시 생각에 잠겼다.

천하제일영웅대회 참가!

이미 마음속으로 결정을 내렸다.

처제 소하연을 구할 수 있는 길이 있다는데 망설일 이유가 없었다. 그곳이 설혹 지옥의 끓는 용암이라 해도 거침없이 나아갈 터였다.

아내 소연정의 죽음만으로 족했다.

더 이상 같은 일을 반복해서 경험하고 싶진 않았다.

반드시 미신 당세령을 설득해서 처제 소하연을 구할 작정이었다.

근데 갑자가 의문이 하나 떠올랐다.

'……그런데 어째서 미신 당 소저에게 처제의 치료를 부탁하는데 천하제일영웅대회 출전이 필요한 거지?'

얼렁뚱땅 이랄까?

그냥 나현과 구손에게 휘말려든 것 같다.

생각해 보면 전혀 관련 없는 두 가지 일을 함께 처리하는 셈이 되었다.

하지만 다시 생각해 보니 천하제일영웅대회 출전도 나쁠 것은 없어 보인다. 어차피 호검관의 재건 자금이 필요한 것도 사실이고, 앞으로 치료가 끝난 처제를 시집보내려면 목돈이 들어갈 테니 말이다.

여태까지 생각하지 못했던 많은 일들을 떠올리며 적천경은 저도 모르게 입가에 미소를 매달았다.

처제 소하연을 구할 수 있는 희망을 발견한 것만으로도 좋았다. 항상 그녀를 볼 때마다 가슴이 아팠었는데, 이젠 조금쯤 떳떳해질 수 있을 것 같았다. 하늘로 돌아갔을 때 아내 소연정에게 말이다.

우뚝!

그런 생각 속에 걸음을 옮기던 적천경이 문득 제 자리에 멈춰 섰다.

그가 원해서가 아니다.

느닷없이 날아온 살을 저미는 듯한 한 가닥 살기!

그보다는 형태와 목표물을 또렷하게 갖춘 일종의 검기가 천척경에게 한 가지 선택을 강제했다.

이유? 목적?

곧 알 수 있었다.

스파앗!

걸음을 멈춘 적천경의 눈앞으로 한 가닥 날카로운 검기가 날아들었다.

'위협이로군!'

적천경의 생각 대로였다.

그를 향해 똑바로 뻗어 오던 검기는 곧 흔적도 없이 사라졌다. 만약 계속 걸음을 옮겼으면 미간 사이에 구멍을 냈을 정도의 간격을 남기고서 그리 되었다.

'생각 이상의 검객으로군. 이 정도 검의 수양을 쌓기란 결코 쉬운 일이 아닌데…….'

적천경이 내심 눈을 빛내고 어느새 자신의 앞에 모습을 드러낸 장호웅을 향해 빙긋 웃어 보였다.

"……살기가 짙은 검이로군. 내게 볼일이 있어 온 것일 테지?"

"무당파에서 금마옥을 파옥하고 나온 적사멸왕 사백령의 팔을 잘랐다고 들었소!"

"그랬지. 그와 관계가 있나?"

"전혀!"

고개를 가로저어 보인 장호웅이 검파로 얼굴을 가린 죽립의 챙을 슬쩍 들어 올리며 말했다.

"하지만 적사멸왕의 팔을 자른 검객에겐 관심이 있소."

"비무를 요청하는 것인가?"

"생사결(生死訣)!"

차가운 일갈과 동시였다.

스파앗!

문득 발끝으로 지축을 박찬 장호웅이 검과 하나가 되어 적천경에게 파고들었다.

기습?

그렇지 않다.

당당한 도전이었다. 생사결을 치르고자하는 사나이의 기백이었다.

적천경은 그렇게 받아들였다.

물론 그렇다고 해서 흐뭇하게 웃으며 장호웅의 검을 맞아줄 이유는 없다. 그와 적천경은 오늘 전까지 생면부지(生面不知)의 사이였다. 처제 소하연과 제자 진호군을 구해 준 은혜를 무시한다면 말이다.

'죽일 수는 없고……'

내심 난처한 기색을 지어 보인 적천경이 어깨를 옆으로 빼며 눈을 빛냈다.

'……대충 몇 대 때려서 버릇이나 고쳐놔야겠군.'

마음의 결정을 내렸다.

핏!

그 순간 장호웅의 검이 적천경의 귀밑머리를 스쳐 갔다. 아슬아슬하게 어깨를 뺀 자리를 노리며 찌르기가 파고든 것이다. 앞서 검기를 날렸던 때와는 완전히 딴판의 상황!

빙글!

그 순간 적천경의 신형이 반회전의 움직임을 보였다.

일보환위!

회전과 함께 몇 개의 분영이 보인다. 눈을 어지럽힌다. 적어도 장호웅에겐 그런 효과를 발휘했다.

팍!

적천경의 발이 장호웅의 다리를 걷어찼다. 분뢰보의 변화로 장호웅의 눈을 어지럽힌 후 신검합일을 한 그의 하체를 공격해서 몸의 균형을 무너뜨리려 한 것이다.

흔들!

그러나 그 순간, 장호웅의 신형이 미묘한 변화를 일으켰다.

'호오!'

적천경의 눈에 깃든 이채가 조금 더 짙어졌다. 장호웅의 첫 번째 검격이 허초(虛招)란 걸 눈치챘기 때문이다.

파파파파팟!

당연히 그 뒤엔 진짜 살초가 온다.

적천경의 하체 공격을 간단히 분쇄한 장호웅의 검이 본격적으로 변화를 보이기 시작했다. 몇 개의 점을 이루며 공간을 점유하더니, 곧 기다란 섬광을 만들어 냈다.

'다섯 군데를 동시에 노리는군. 게다가 몽땅 사혈!'

적당히 할 생각이 없다는 의미!

적천경 역시 더 이상 망설이지 말라는 의미!

점에서 선으로 변한 검기가 섬광과 같이 적천경의 상반신으로 쏟아졌다.

하나 그 순간 다시 반회전을 보인 적천경의 발걸음.

여전히 일보환위다.

똑같은 보신경으로 적천경은 단숨에 장호웅의 살검의 범위 밖으로 신형을 물렸다.

반격?

일단은 접었다.

그의 살검이 어떻게 변하는지 조금 더 지켜보고 싶어졌기 때문이다.

팟!

그 순간은 생각보다 빨리 찾아왔다.

게다가 검초도 아니었다.

적천경이 일보환위로 신형을 물린 것과 동시, 장호웅의 얼굴을 감싸고 있던 죽립이 허공을 가로질렀다.

패애애앵!

죽립, 그 자체에 담긴 회전력에 대기가 진저리를 친다. 분명 강철이나 거석이라 해도 단숨에 절단해 버릴 정도의 경기가 담겨 있음이 분명했다.

거기에 더한 또 다른 움직임!

스스스스슥!

처음으로 진면목을 드러낸 장호웅이 신형을 낮춘 채 적천경의 하체 쪽으로 파고들었다. 요사스러운 살기가 담긴 검기가 뻗어온다. 여전히 일보환위를 펼치고 있는 상태인 적천경의 보신경 자체를 아예 원천봉쇄(源泉封鎖)하려 한다.

'역시 실전 경험이 많은 자로군. 이런 임기응변은 평범한 수련만으로 체득할 수 있는 게 아니니까. 하지만……!'

적천경의 눈이 다시 이채를 발했다.

슥!

그리고 다시 일보환위를 펼친다.

앞선 두 차례와 한 치의 차이도 없는 동일한 보신경의 변화로 장호웅의 죽립 공격과 살검, 모두를 무력화 시켰다.

퍽!

이어 앞서와 똑같은 하체의 일격!

휘청!

장호웅의 신형이 크게 흔들렸다. 이번에는 저번처럼

피하는데 실패한 것이다.

게다가 그의 시련은 그것만으로 끝나지 않았다.

퍽! 퍼퍽!

적천경이 마치 계단을 오르듯 장호웅의 균형이 무너진 몸을 몇 차례에 걸쳐 박찼다. 그의 무릎, 허리, 어깨를 연달아 밟고서 단숨에 머리를 노렸다.

빙글!

발끝이 돈다.

장호웅의 태양혈 부근에 어릿어릿한 환영을 만들어 냈다. 당장이라도 그를 죽일 수 있는 위치를 선점했다는 의미.

"크읏!"

장호웅이 짐승 같은 신음을 토하며 몸이 석상처럼 굳었다. 어떻게 갑자기 이런 꼴을 당했는지 짐작조차 할 수 없었다. 당연히 방금 전과 같은 반격은 상상으로조차 불가능했다.

'머리도 나쁘진 않군.'

토옥!

적천경이 장호웅의 머리를 발끝으로 한차례 건들이고 뒤로 스륵 신형을 물렀다.

여태까지와 마찬가지로 일보환위!

끝까지 추뢰보의 단 한 초식만으로 장호웅을 상대했다. 그를 어떤 것도 할 수 없는 상태로 몰아넣은 것이다.

"무공, 어디서 익혔나?"

"……."

"아직 부족하다고 생각하는 건가?"

"……그렇지는 않소."

"그럼 말하게. 어째서 날 죽이려 한 건가?"

"나는 당신의 진실한 무공 수준을 알고 싶었을 뿐이오."

"그래서 확인해 보니 어떤가?"

"당신이 사백령의 팔을 잘랐다는 사실을 인정하겠소."

"그럼 승자의 권리로 한 가지 묻지. 자네의 내력에 대해 말해 주게."

"이미 알고 있지 않소?"

"알고 있지. 하지만 자네에게 직접 듣고 싶네!"

적천경의 채근에 장호웅이 살기 어린 시선으로 퉁명스럽게 말했다.

"나는 황금귀상련의 암룡혈풍대 대주 무영귀영수 장호웅이오!"

"내가 궁금한 건 현재 자네의 소속이 아니라 내게 휘두른 살검을 어디서 배웠냐는 거야?"

"내 사승관계를 알고 싶다는 것이오?"

"무림의 금기(禁忌)를 범했다고 생각하나?"

"그렇소."

"하지만 자네는 내게 패했으니 대답을 해야만 하네."

"……."

적천경의 목소리는 평소와 다름없었다. 특별히 장호웅을 강박하는 것 같진 않았다.

아니다.

장호웅은 거기에 동의할 수 없었다.

강렬한 압박감!

일순 적천경에게서 일어난 강렬한 기운에 그는 혼절할 뻔했다. 심혼을 압살해 버릴 듯 짓눌러오는 기세에 휘말리자 흡사 태풍에 휘말려든 일엽편주(一葉片舟)나 다름없었다. 그만큼 심각한 타격을 받았다.

부들! 부들!

장호웅이 몸을 연신 떨면서도 검을 들어 올렸다. 자신의 앞까지 들어 올려 중단세(中斷勢)의 자세를 취해 보였다. 곧 죽어도 적천경에게 반격을 가하고야 말겠다는 의지를 드러낸 것이다.

'쓸 만하군!'

적천경이 장호웅을 바라보며 빙긋 웃었다.

이런 사내!

싫어하지 않는다.

사부를 만나기 이전, 소년 시절을 전전했던 전장의 내음이 나는 것만 같았기 때문이다.

하지만 그렇기에 반드시 선결해야 할 일이 있다.

슥!

문득 입가에서 미소를 거둔 적천경이 일보축지로 장호웅과의 간격을 극단적일 만큼 단축했다.

퍽!

그리고 복부에 일격!

"커헉!"

장호웅이 창자가 끊기는 고통에 신음을 토하며 바닥에 쓰러졌다. 그대로 정신을 잃어버렸다.

*　　*　　*

밤.

장호웅은 눈을 뜨자마자 재빨리 신형을 일으켜 세웠다. 그리고 허리춤을 더듬었으나 허전하기만 하다. 항상 패용하고 있던 검이 감쪽같이 사라져 버린 것이다.

그러나 장호웅은 실망하지 않았다.

죽지 않았다!

그것만으로도 충분하다!

살아 있기만 하면 언제든 반격의 기회는 온다. 어떤 굴욕과 고통의 세월이 있더라도 참아낼 자신이 있다면 말이다.

철그렁!

그때 그의 앞에 묵직한 쇳소리가 울려 퍼졌다.

'내 검!'

장호웅이 곧바로 신형을 낮추며 검에 손을 뻗으려다 동작을 멈췄다.

스스스슥!

그리고 뒤로 신형을 물린다.

"생존 본능은 타고난 것 같군. 아주 조심스러워."

"적 관주?"

"아니. 장호웅, 자네는 내 다른 모습을 기억하고 있을 거야? 그렇지 않나?"

"……"

장호웅이 어느새 자신의 눈앞에 서 있는 적천경을 바라보며 눈빛을 침중하게 가라앉혔다.

심중 깊숙한 곳에서 일어난 강렬한 살기!

당장 눈앞의 사내를 죽여 버리라고 으르렁거린다!

하지만 그를 지금까지 살렸던 생존 본능이 위험 신호를 보낸다. 평상시처럼 살기를 폭발시켰다간 끝장이라고. 진짜 죽고 말거라고 말이다.

적천경이 말했다.

"아무리 숨겨도 알 수 있지. 죽음에 직면하기 직전, 사예귀살문(死藝鬼殺門) 제자가 상대와 동귀어진하기 위해 펼치는 중단세!"

"역시……."

"그래, 내가 칠 년 전 사예귀살문의 문주와 사예십검(死藝十劍)을 죽인 자다."

"……크악!"

장호웅이 괴성에 가까운 울부짖음과 함께 검을 향해 신형을 날렸다.

챙!

그러나 적천경이 더 빨랐다.

발끝으로 검을 차버린 그의 수장이 살기를 있는 대로 폭발시킨 장호웅의 멱살을 거머쥐었다. 그리고 번개같이 위로 치켜올렸다가 밖으로 내동댕이쳐 버린다.

퍼덕!

"방금 전에 내게 중혈을 세 군데나 내가중수법으로 타격당했다. 머리가 나쁜 놈은 아닌 것 같으니까 다시 달려들 생각은 하지 않는 게 좋아."

"……."

"좋아. 이제야 대화를 나눌 준비가 되었군."

"……."

적천경이 분노에 휩싸인 상태에서도 이성을 유지하고 있는 장호웅을 향해 고개를 끄덕여 보였다. 그가 혼절해 있는 사이 전신 내력을 샅샅이 조사했기에 이미 모든 의혹은 밝혀진 상태였다.

적천경의 얼굴에는 여유가 흘러넘쳤다.

"먼저 확실히 해두겠는데, 먼저 날 건드린 건 사예귀살문이었다. 신마혈맹 총단으로 향하는 날 사예귀살문의 문주와 사예십검이 합공을 하다가 죽음을 당했으니, 네 녀석이 복수를 갚겠다고 날뛰는 건 적반하장이라 할 수 있을 것이다. 그리고 엄밀히 말해서 그 후 사예귀살문을 멸망시킨 건 정천맹이었다. 신마혈맹의 십대 세력 중 하나였으니까 나와 관계되지 않았다 해도 사예귀살문의 운명은 그다지 달라지지 않았을 거야. 그렇게 생각하지 않나?"

"……."

"내 생각에 동의하지 않는 것 같군. 뭐, 괜찮아! 애초에 신마혈맹과 관련 있는 녀석들과 화해할 생각 따윈 없으니까. 하지만 장호웅, 네 녀석만은 다르다!"

"……?"

침묵 속에 적천경을 노려보고 있던 장호웅의 표정이 처음으로 변했다. 적천경이 진지한 표정으로 자신을 지칭하자 묘하게 마음이 흔들렸기 때문이다.

적천경이 말했다.

"너는 내게 아주 소중한 사람을 구해 줬다! 그것도 두 명이나!"

"그건…… 임무였소."

"상관없다! 네가 내 소중한 사람을 두 명이나 구해 준 건 변할 수 없는 사실이니까. 그래서 네게 한 가지 제안을 할까 한다."

"거부하겠소!"

"네게 거부할 권한은 없다!"

제 마음대로 장호웅의 항의를 무시한 적천경이 눈을 빛내며 말했다.

"지금부터 날 사부로 모셔라! 네게 내 무공의 진수를 전수해 주겠다!"

"……."

"그렇게 미친놈 쳐다보듯 하지 마라. 나도 언제 등 뒤에 칼을 꽂을지 모르는 제자 따원 거두고 싶지 않으니까.

하지만 지금 이 상태로 네놈을 놔두면 반드시 몇 년 안에 죽을 테니, 나로선 어쩔 수 없는 선택이다.”

“당신은…….”

장호웅이 말을 잇다가 한숨을 내쉬었다.

“……말마따나 미쳤군!”

“나도 그런 것 같다. 그렇지만 그런 건방진 말투는 지금까지만 허락하겠다. 제자 놈한테 그런 막말을 듣는 사부 따위 되고 싶지 않으니까.”

“…….”

“아니면, 네 허접한 무공으로 십 년이나 이십 년이 걸려도 내게 칼질 한 번이라도 성공할 듯싶으냐?”

“…….”

장호웅의 눈빛이 흔들렸다.

적천경의 말은 그의 속을 있는 대로 뒤집어 놨다.

신마혈맹 십대 세력 중 하나였던 사예귀살문의 오 할 전력이나 다름없던 문주와 사예십검을 죽인 자!

불구대천(不俱戴天)의 원수(怨讐)나 다름없다.

당장 죽여서 배를 가르고, 내장을 꺼내서 하나 남김없이 씹어 먹어도 분이 풀리지 않을 것 같았다.

그러나 냉정히 생각해 볼 때 그가 한 말은 틀리지 않았다.

욱일승천(旭日昇天)하는 정천맹!

그들의 폭풍 같은 공격에 사예귀살문은 순식간에 멸문을 당했다. 그들의 매서운 눈이 무서워 차대 사예십검으로 꼽히던 장호웅조차 신분을 위조한 채 숨어 살아야만 했다. 황금귀상련의 그늘에 숨어서 굴욕적인 삶을 영위해야만 했다.

그런데 지금 기회가 왔다.

더 이상 정천맹의 맹위(猛威)를 피해 숨어 다니지 않아도 될 기연을 만나게 되었다. 그게 설혹 원수의 제자가 되는 길일지라도 말이다.

'군자(君子)의 복수는 십 년이 지나도 늦지 않는다 하였다! 내가 군자는 아니지만 그보다 못하다고 생각하진 않는다!'

내심 이를 악문 장호웅이 자신의 소매 자락을 찢어발기고 적천경을 향해 엎드렸다.

— **구배지례(九拜之禮)!**

아홉 번 절로써 그는 적천경을 사부로 모셨다. 방금 전까지 영혼을 팔아서라도 죽이고 싶었던 상대에게 무공을 배우기 위해 사문 사예귀살문을 버리고, 사나이의 자존심을 버렸다. 마음속 한구석에만 남긴 채 과거 속에 묻어버렸다.

적천경이 그런 장호웅을 내려다보며 쓰게 웃었다.

'잘 하는 짓인지 모르겠구나!'

살짝 후회가 된다.

장호웅의 출신 때문이 아니다.

그의 심상치 않은 살기가 마음에 걸렸다.

마공(魔功)이나 사공(邪功)의 영향이 아니라 천생의 살기를 타고난 제자를 계도시키기란 결코 쉽지 않은 일일 터였다. 적천경 자신도 중이나 도사 같은 인격자와는 거리가 먼 인생을 살아왔으니 말이다.

'그러고 보니 내겐 도사 의형이 한 명 있군. 그분도 딱히 인격자 같진 않지만…….'

구손을 떠올리며 적천경의 입가에 매달린 고소가 더욱 짙어졌다.

지난 칠 년의 평화!

어느새 맹렬한 폭풍에 날아가 버렸다.

다신 되찾지 못할 과거가 된 것만 같다. 아내 소연정이 돌아오지 않는 것처럼.

"그만 절하고 일어나라!"

"예, 사부님!"

"좀 징그럽군."

"다른 호칭으로 부를까요?"

"아니."

적천경이 퉁명스럽게 대답하고 밤하늘을 올려다봤다.

달이 흐리다.

달무리가 진 걸 보니, 내일은 다시 비가 내릴 것 같다. 우비나 피풍의(披風衣)가 필요하겠다.

"내일 우비와 피풍의를 준비해 놔라!"

"예."

"몇 벌인지 묻지 않는 거냐?"

"충분할 만큼 준비하겠습니다."

"좋아."

적천경이 장호웅에게 고개를 한차례 끄덕여 보이고 천천히 걸어갔다. 슬슬 성현장으로 돌아가야겠다고 생각한 것이다.

장호웅이 말했다.

"사부님, 성현장 쪽은 반대편입니다."

"그래?"

"예, 제자가 안내하겠습니다."

"흠."

적천경이 손가락으로 턱을 한차례 쓸고 장호웅의 뒤를

따랐다.

추종술!

장호웅의 특기 중 하나다.

신마혈맹 총단이 있던 기련산에서 굶어 죽기 직전까지 헤맸던 전력이 있던 적천경으로선 침묵만이 답이었다. 어둠이 짙게 깔린 밤중에 그보다 길을 잘 찾을 자신이 없었기 때문이다.

5장

이곳은 강호!
우리는 무림인!
서로 물러설 수 없는 문제가 생겼으니,
검으로 해결하는 게 옳다!

아침부터 추적추적 비가 내렸다.

가을을 재촉하는 비다.

스산한 바람이 휘몰아치는 성현장 앞에 상당한 크기의 마차가 도착했다.

무당산으로 떠날 때와 흡사하달까?

아니, 그보다 훨씬 큰 규모의 마차다.

환자인 소하연을 실어 나르기 위해 황조경이 근동에서 가장 큰 마차를 수배해 왔기 때문이다.

"사부님, 저도 가겠습니다!"

"안 돼!"

"하지만……."

"안 된다고 했다!"

연이어 대제자 진호군에게 언성을 높인 적천경이 차분한 표정으로 말했다.

"너는 이곳에서 사제들을 챙겨야만 한다. 대사형인 네가 아니면 누가 있어서 그 일을 감당할 수 있겠느냐?"

"그렇기는 합니다만……."

"게다가 너는 지금 부상이 심한 상태다. 네가 따라온다 해서 무슨 도움이 되겠느냐? 설마 사부의 짐이 되고 싶은 건 아닐 테지?"

"……."

진호군이 입을 굳게 다물었다.

얼굴에 깃든 건 분함이다.

사부 적천경의 말에 감히 반마디도 대꾸할 수 없는 자신의 무력함에 화가 나고 말았다.

적천경이 위로하듯 말했다.

"하연 처제는 염려할 것 없다. 내 생명과 바꿔서라도 반드시 그녀의 병을 치료할 작정이니까."

"사부님을 믿습니다. 하지만 제자는 분합니다. 제가 하연 누님을 위해 어떤 것도 할 수 없다는 것이 너무 화가 납니다."

"너는 이번에 충분히 공을 세웠다. 처제는 네 덕분에 살았다고 내게 말했다."

"제 공이 아닙니다. 장호웅 사제가 시의적절하게 나타나 구원해 주지 않았다면 하연 누님을 지킬 수 없었을 겁니다."

"그건 단견이다. 호웅이가 나타나기까지 처제를 호위했던 건 누가 뭐래도 호군, 너였다. 제대로 된 실전 경험도 없는 네가 분발했기에 처제는 화를 입지 않았다고 나는 생각한다."

"……."

진호군이 감격한 표정으로 적천경을 바라봤다. 그의 따뜻한 위로와 격려에 마음이 크게 격동한 것이다.

잠시뿐이다.

곧 시무룩한 표정이 된 그가 말했다.

"사부님, 절 위로하시려고 그리 말씀하시는 걸 제자는 압니다."

"내가 단지 네 녀석을 위로하려 이런 말을 꾸며낸다고 생각하는 것이냐?"

"그렇습니다."

"어째서 그렇지?"

"제자가 약하기 때문입니다!"

"……."

적천경이 진지한 표정이 된 진호군을 묵묵히 바라봤다.

어리게만 봤던 제자다.

그런데 어느새 이렇게 성장했다. 자신의 약함과 부족함을 알고 한계를 뛰어넘으려하고 있는 것이다.

진호군이 말했다.

"사부님, 이번에 제자는 자신의 무력함을 알게 되었습니다. 그래서 사부님께 한 가지 청을 드리고 싶습니다."

"말해 보거라."

"강해지고 싶습니다! 제자는 지금보다 훨씬 더 강해지고 싶습니다!"

"그건 처제를 지키고 싶다는 마음이더냐?"

"그렇습니다!"

"단지 그뿐이라면 네게 내가 전해 줄 건 더 이상 없다!"

냉정한 적천경의 말에 진호군이 당황한 표정이 되었다. 이렇게 쌀쌀맞은 사부의 모습을 본 적이 없었기 때문이다.

적천경이 말했다.

"누군가를 지키고 싶다는 건 강해지는 첫걸음이라 할 수 있다."

"……"

"하지만 그것만으로 진정한 강함을 얻을 수 없다. 사부가 익힌 무학의 길은 너무나 고독한 길! 어떠한 상황에서도 자신이 아닌 타인을 이유로 삼아선 결코 그 고독한 길을 완주할 수 없다. 그 도리를 모르기에 너는 아직 내 무공의 진수를 전수받을 준비가 되지 않았다고 할 수 있다."

"……"

"그러니 내가 돌아올 때까지 이거나 익히면서 자신이 어떤 무학의 길을 걸을 지에 대해 생각해 보도록 하거라!"

툭!

말을 마친 적천경이 진호군에게 얇은 책자를 던져 줬다.

호검무공총요(護劍武功總要)!

적천경이 호검관주가 되어 보낸 칠 년여의 세월 동안 자신의 무공을 전반적으로 정리한 무공서다. 주요 내용을 보자면 상편(上篇)에 호검관의 입문공부인 기본팔예가 있고, 중편(中篇)에 분뢰보, 하편에 검아일체번뇌차단술과 호검팔연식이 수록되어 있었다.

그야말로 적천경 무공의 집대성!

모든 것이라 해도 과언이 아닐 터였다.

적천경의 수제자로 호검무공총요의 중요함을 익히 알고 있던 진호군이 놀라 말했다.

"사부님!"

"내가 돌아올 때까지 잘 보관하고 있어라."

"예!"

큰 목소리로 대답하는 진호군의 어깨를 적천경이 한 차례 두드려 주고 신형을 돌려세웠다.

점차 거세지는 빗줄기 속에 일행들이 기다리고 있었다.

이젠 정천맹이 있는 항주(杭州)로 갈 때가 된 것이다. 천 년의 고도(古都)이자 현 무림의 중심지로 말이다.

＊　　　＊　　　＊

두두두두!

성현장을 출발해 순식간에 멀어지기 시작한 사두마차

와 몇 기의 기마를 황금왕 황대구는 실눈을 번뜩이며 지켜봤다.

그의 배후.

어느새 교령이 부복해 있었다.

적천경 일행이 모두 성현장으로 옮긴 이후에도 줄곧 호검관을 떠나지 않던 그녀가 황대구에게 돌아온 것이다.

투둑!

서 있는 장소에 설치되어 있는 차양을 뚫고 자신의 민대머리 위로 떨어진 빗물을 황대구가 손으로 털어 냈다. 얼굴을 따라 한줄기 물기가 굴곡을 따라 흘러내린다.

"소득은 있었더냐?"

"폐허가 된 호검관의 요소요소를 찾아봤지만 멸천뇌운검은 발견되지 않았습니다."

"흠! 역시 주변 일대를 모조리 까뒤집는 수밖에 없는 건가?"

"준비는 이미 끝내 놨습니다."

"너무 급하게는 하지 마! 적 관주가 눈치라도 채면 곤란하니까."

"그럼 역시 천하제일영웅대회 이후에 시작해야 할까요?"

"적 관주가 우승자가 되면 내가 새로운 호검관을 선물하는 걸로 하지. 내 사위가 되는 선물로 말야."

"……."

교령이 잠시 움찔한 표정이 되었다.

황대구의 말을 듣는 순간 가슴 한구석이 욱신거렸다. 망치 같은 둔기로 강하게 얻어맞은 것 같았다.

잠시뿐이다.

곧 그녀는 슬쩍 한 손으로 가슴어림을 매만지고 고개를 더욱 밑으로 숙였다.

황대구가 말했다.

"물론 이 역시 자연스러워야만 해! 내 딸년이라서가 아니라 조경이 고년은 눈치가 장난이 아니니까!"

"그렇지 않아도 부련주의 눈치가 심상치 않았습니다. 어쩌면 절 의심하기 시작했는지도 모르겠습니다."

"그래서 널 이번 항주행에 억지로 끼어 넣지 않은 거다. 한동안 조경이와 적 관주한테서 떨어져 있도록 해라."

"그럼 적 관주와 부련주의 동태는 누가 파악하는 겁니까?"

"네가 상관할 일이 아니다!"

다소 차가워진 황대구의 말에 교령이 얼른 고개를 숙

여보였다.

"주제넘은 참견이었습니다!"

"알았으면 됐다."

"……."

"그만 물러가도록 해!"

"존명!"

교령이 복명과 함께 빗속으로 신형을 날렸다.

'끌! 계집들이란…….'

황대구가 교령 쪽으로 시선도 던지지 않고서 내심 혀를 찼다. 오로지 자신만 알 수 있는 불편한 심경이 되어서.

*　　　*　　　*

항주.

옛날 호림(虎林)이라 불리우던 오(吳), 월(越), 전(錢), 무(武), 숙(肅)의 오대국의 서울이었던 곳이다. 이후 송(宋)나라의 고종황제가 도읍을 남으로 옮겨 임안(臨安)으로 개칭하였다가 다시 항주라 불리우게 되었다.

두두두두!

이곳은 강호! 우리는 무림인!
서로 물러설 수 없는 문제가 생겼으니, 검으로 해결하는 게 옳다!　149

이십여 일 전 성현장을 떠난 적천경 일행은 어느새 항주 인근에 흐르는 전당강을 눈앞에 두고 있었다. 항주성을 앞두고 남쪽으로 운하가 통하는 모습이 그야말로 빼어난 산수(山水), 그 자체라 보기에 무척이나 좋아 보인다.

어자석에 앉아 말을 몰고 있던 황조경이 나직이 탄성을 발했다.

"와아! 중원에 이렇게 경관이 빼어난 성시가 있었구나!"

"황 소저, 설마 항주가 초행이신 것이오?"

"예, 초행이에요. 우리 황금귀상련이 이곳 절강성(浙江省)에서는 좀 세력이 약하거든요."

"그래서 정천맹 총단 쪽에 대해 잘 몰랐던 것이구료?"

"쳇! 사실 천하제일영웅대회도 이번에 처음 참가해요. 화악상단의 텃세가 심해서 절강성 부근도 돌아다닐 수 없었어요."

"화악상단, 아주 고약한 녀석들이구료!"

"맞아요! 아주 못된 작자들이에요!"

황조경이 자신의 옆자리에 앉은 나현의 맞장구에 신난 표정이 되었다

화악상단!

그리고 그들의 뒷배를 봐주고 있는 화산파!

모두 황조경에겐 못마땅한 존재였다. 계속해서 강남과 정천맹 쪽으로 향하는 황금귀상련의 앞을 철통같이 가로막았기 때문이다.

섬서성에서 강남의 절강성까지…….

아주 고약한 연결이다.

중원의 젖줄이라 할 수 있는 황하(黃河)와 장강(長江) 모두를 포함한 지역들의 연결인 까닭이다. 그리고 그 같은 연결의 주도권을 빼앗긴 상태에서 황금귀상련은 매우 힘든 싸움을 할 수밖에 없었다.

황금귀상련이 굳이 신마혈맹에 막대한 자금을 대줬던 이유가 여기에 있었다. 어떻게든 화악상단이 장악하고 있는 정파 쪽 무림 세력의 힘을 약화시켜서 황하와 장강으로 진출하려한 것이다. 물론 적천경에 의해 그 같은 계획은 모두 실패로 돌아가고 말았지만 말이다.

그때 마차 곁을 새로 맞아들인 제자 장호웅과 함께 호위하듯 말을 타고 따르던 적천경이 천천히 다가들었다.

"중천에 해가 떠올랐으니, 잠시 관도 옆으로 마차를 세우고 점심을 먹지 않겠습니까?"

"그렇구나! 벌써 밥 때가 되었어!"

"예, 새벽에 출발했던 객점에서 건량을 싸왔으니, 요

기를 하기엔 충분할 겁니다."

"건량?"

나현이 인상을 찡그리며 입을 가볍게 내밀었다.

전직 창위 출신!

나이가 이미 지천명(知天命)이라 불리는 오십을 앞뒀으나 음식 투정이 심하다. 잠자리를 아주 까탈스럽게 가린다. 야영이나 노숙 같은 건 아주 질색한다. 그리고 스스로는 세련된 북경 남자라 한다.

그 같은 나현의 성향을 자연스럽게 파악한 황조경이 얼른 말했다.

"곧 항주성이에요. 성내에 들어가면 유명한 음식점을 찾아서 점심 식사를 하는 게 어떨까요?"

"그래! 곧 항주성인데, 왜 맛도 없는 건량 따위로 식사를 하겠다는 거냐? 그건 자신의 미각에 대한 중죄를 짓는 거다! 중죄!"

나현이 격하게 찬동하고 나서자 적천경이 주춤한 기색이 되었다.

그 역시 항주는 초행이다.

사실은 한 번도 이렇게 커다란 대도시를 경험해 본 적이 없었다. 태어난 곳은 백여 호가 간신히 넘는 촌 동네였고, 소년기에는 줄곧 전장을 돌아다녔다. 그 후 사부를 만나 산속에서 고련을 했기에 강남땅 자체를 처음으로 발을 내딛는다고 할 수 있었다.

그때 묵묵히 주변을 살피고 있던 장호웅이 나직한 목소리로 말했다.

"일단의 인마가 달려오고 있습니다! 무림인으로 보입니다!"

'무림인?'

적천경이 장호웅의 말을 듣고, 기감을 움직였다. 그러자 과연 수십 장 밖에서 일단의 인마가 달려오고 있었다. 무공을 익힌 무림인이 포함되어 있는지는 잘 모르겠지만 말이다.

적천경의 시선을 파악한 장호웅이 그의 내심을 읽은 듯 말했다.

"지축을 울리는 말발굽 소리로 볼 때 제때 편자를 갈지 않은 듯합니다. 그리고 일행 중 기마술이 능숙하지 않은 자들도 포함되어 있는 것 같고요."

"그렇군. 확실히 제대로 훈련을 받은 관병이라면 기마술이 능숙하지 않을 리 없고, 관마(官馬)의 관리를 허술하게 할 리 없겠지."

"예, 게다가 몇몇은 기마술에 능숙하지 않으면서도 말을 억지로 자신이 원하는 곳으로 몰고 있는데, 이는 내력을 사용했다고 밖에 볼 수 없습니다."

"내 판단이 옳다."

적천경이 장호웅에게 미미하게 고개를 끄덕여 줬다. 어떻게 된 게 창위 출신인 나현에게 바랬던 모습을 새로 맞아들인 제자에게 본다는 생각이 들었다.

'그런데 하필이면 그런 제자가 언젠가 내 등에 칼을 찌를지도 모르는 녀석이란 게 슬프구나!'

내심 씁쓸한 미소를 지어 보인 적천경이 황조경에게 말했다.

"황 소저의 말대로 점심 식사는 항주성에 들어가서 먹도록 하지요."

"좋았으!"

정작 말을 건 황조경보다 곁에 있는 나현이 환호성을 터뜨렸다. 미식(美食)으로 유명한 음식점이 즐비한 항주성에서 식사를 할 생각에 벌써 입에는 침이 잔뜩 고여 있다.

그렇게 적천경 일행이 다시 길을 재촉할 때였다.

다각! 다각!

멀리서 거친 말발굽 소리가 들리며 일단의 기마가 모습을 드러냈다.

장호웅의 말대로랄까?

대략 십여 필 가량으로 보이는 기마에 올라있는 사람들은 하나같이 무림인의 복색을 하고 있었다. 등이나 허리에 칼이나 검, 판관필(判官筆)등의 병기를 패용한 채 관도를 질주했다.

그야말로 패기만만한 모습들!

한데 그런 기마의 선두에 서 있던 자들이 순식간에 적천경 일행의 배후에 바짝 달라붙었다. 그대로 속도를 높여서 적천경 일행의 마차와 말을 추월할 생각을 품었음에 분명하다.

꿈틀.

마차의 후미에 붙어서 따라오고 있던 장호웅의 죽립에 가려진 눈초리가 치켜 올라갔다.

주변을 얼어붙게 하는 살기!

그와 함께 그의 손이 검을 향해 움직였다. 기마의 선두에 있는 자들이 마차에 접근하는 순간, 발검해서 피의 비를 내리게 할 심산이었다.

그때 적천경이 담담하게 말했다.

"검을 배우기에 앞서 마음을 다스리라고 했다!"

"……."

장호웅이 움찔하더니, 어느새 검병을 쥐고 있던 손을 거둬들였다.

그러자 기다렸다는 듯 뒤따르던 기마가 마차를 추월했다.

흙먼지가 자욱하게 퍼진다.

기마에 능하지 않았음에도 급하게 말을 몰아서 모양새가 결코 아름답지 않았다. 무공을 익히지 않은 자들이었다면 한참 전에 낙마(落馬)해서 크게 다치고 말았으리라.

말의 상태 역시 과히 좋지 않다.

기마일체가 되지 않은 탓에 혼자 추월의 여파를 감내하느라 거친 콧김이 연신 뿜어져 나오고 있었다. 지나치게 혹사당해서 기력이 크게 상해 보였다.

최선두의 두 기마!

추월과 함께 경박한 목소리 터져 나왔다.

"우하핫! 먼저 갑니다!"

"크하핫! 그렇게 큰 마차로 길을 막고 달리면 곤란하지요!"

힐끔.

적천경이 그제야 두 기마에 시선을 던졌다. 마차를 길의 한쪽으로 바짝 붙여서 그들이 지나길 공간을 만들어준 이후의 일이다.

'역시 말을 제대로 몰 줄도 모르는 애송이들이로군.'

적천경의 평가대로 최선두 두 기마에 올라탄 경박한

목소리의 주인공들은 청소년기를 갓 넘긴 듯한 청년들이었다. 대략 십 대 후반에서 이십 대 초반가량으로 보인다. 지닌바 무공 실력은 어떤지 모르겠으나 무림에는 초행이나 다름없을 만큼 경험이 미숙한 것 같아 보였다.

'그러니 뒤따르는 기마 중에 진짜 실력자가 있겠군. 일종의 보모 역할을 하는 사람이 말야.'

적천경이 시선을 뒤로 던졌다.

혹시 장호웅이 그 진짜 실력자에게 시비를 걸까 봐 주의를 주려한 것이다.

그러나 장호웅도 바보는 아니다.

근래 무림의 밑바닥을 굴러다닌 이력은 오히려 적천경보다 낫다고 할 수 있었다.

"사부님, 제자 더 이상 경거망동하지 않겠습니다."

"좋아."

적천경이 웃어 보였다.

정말 보면 볼수록 마음에 드는 제자다.

언제나 뒤통수를 조심해야만하지 않는다면 진호군을 대신해 의발전수(衣鉢傳受)를 진지하게 고민하게 할 만했다. 물론 그런 날은 오지 않을 가능성이 많지만 말이다.

과연 적천경의 예상대로였다.

두 가지 의미로 그러했다.

마차를 추월해 갔던 두 기마의 호호탕탕한 질주는 얼마 못 갔다. 처음 봤을 때부터 상태가 썩 좋지 않아 보였던 말들이 퍼져서 관도 앞에 쓰러져 있었던 것이다.

그리고 그 주변!

방금 전까지 경박한 웃음과 함께 관도 위를 질주하고 있던 두 청년이 말들 주변을 돌며 방방 날뛰고 있었다. 갑작스러운 사태를 만나 어찌해야 할 바를 모르는 모습이 여실하다.

'말이 저런 모습이 되었다면 힘들겠군…….'

적천경이 내심 눈살을 찌푸리며 두 청년 앞으로 말을 몰아갔다.

"엇!"

"으엉?"

두 청년이 말을 몰아오는 적천경을 보고 놀란 표정을 짓더니, 곧 구세주를 만난 듯 저희들끼리 속삭였다.

"언 형, 저기 다가오는 자의 기마술이 제법이지 않습니까?"

"그런 것 같군요."

"그러니 저자에게 말의 상태를 살피게 하는 게 어떻겠

습니까?"

"좋은 생각입니다! 언 모는 남궁 형의 의견을 전적으로 따르겠습니다."

"하하, 그럼 제가 나서서 한번 흥정을 해 보겠습니다."

나직이 웃음을 터뜨린 푸른 장포 차림의 청년이 적천경에게 걸어왔다. 그리고 공수한다.

"본인은 남궁세가(南宮世家)의 자제인 남궁성이라 합니다! 길을 가다가 문제가 생겼는데…….."

"그 전에 할 일이 있을 것 같소만?"

"……예?"

자신을 남궁성이라 소개한 청년이 눈을 동그랗게 떴다. 적천경이 한 말의 의미를 전혀 이해하지 못하는 것 같다.

슉!

적천경이 말에서 뛰어내렸다.

"헉!"

남궁성이 당황해 숨을 들이켰다. 갑자기 자신의 코앞으로 뛰어내린 적천경에게서 갑자기 엄청난 위압감을 느꼈기 때문이다.

잠시뿐이다.

곧 그가 안색을 가볍게 붉혔다.

현재는 퇴락(頹落)한 세가 중 하나인 남궁세가!

하나 수년 전 신마혈맹과의 대전이 있기 전까진 당당한 오대세가의 일원이었다. 구대문파, 삼대병기보와 더불어 정파의 기둥 중 하나였던 것이다.

당연히 그곳의 피를 이은 자제로서 자부심은 남달랐다.

하물며 이곳은 정천맹 총단이 위치한 항주 인근!

천하제일영웅대회가 열리는 장소였다.

가문의 명예를 등에 짊어지고 항주로 온 터에 누군가에게 초면부터 위압당한다는 건 견딜 수 없는 모욕이었다. 있어선 안 되는 일이었다.

"으득!"

남궁성이 어금니를 꽉 깨물었다. 그리고 적천경에게 도전적인 눈빛을 던졌다.

"그 전에 할 일이란 게 뭘 말하는 것이오?"

"길을 치워주는 것!"

"……."

"그리고 말의 고통을 끝내주는 것!"

적천경이 말을 마치곤 곧바로 멸천뇌운검을 빼 들었다. 말에서 뛰어내린 순간 기감을 확장시켰다. 퍼져서 관도의 앞을 가로막고 있는 말들의 상태를 확인하기 위함이었다.

'둘 다 가망이 없다. 엎어지면서 다리가 부러지고, 내장을 다쳐서 웬만한 마의(馬醫)가 온다 해도 고치긴 힘들거야!'

전장에서 많이 경험했던 일이다.

말이란 고상하고 겁이 많은 짐승!

죽기 직전이 아닌 한 잠을 자기 전까지 결코 배를 땅에 대지 않는다. 여느 초식동물처럼 언제 포식자에게 공격을 당할지 모르기 때문이다.

하물며 달리다 자빠졌다.

다리가 부러지고, 내장까지 상했다.

그런 말의 운명은 굳이 길게 생각하지 않더라도 뻔했다.

그때다.

마차의 문이 열리며 구손이 밖으로 나왔다. 손에는 침통이 들려져 있다.

"적 현제, 잠시 기다려 주시게!"

'설마 말도 고칠 수 있으신 건가?'

적천경이 자신에게 다가드는 구손의 손에 들려 있는 침통을 보고 내심 기대의 눈빛을 던졌다.

다른 사람이 아닌 구손이다.

이젠 어떤 기묘한 재주를 보여 준다 해도 크게 놀라지 않을 듯싶었다.

구손이 말했다.

"말을 검으로 죽이는 건 전장에서나 할 일일세. 길옆으로 옮겨서 안락사를 해 주는 게 옳을 것일세."

"안락사요?"

"그래, 내가 침으로 말의 의식을 흐려지게 할 테니, 그때 적 현제가 손을 쓰시게나."

"예, 그러지요."

적천경이 고개를 끄덕이자 구손이 침을 빼 들고 말에게 다가갔다.

그러자 남궁성이 얼른 그의 앞을 가로막아 선다.

"이게 뭐 하는 짓이요!"

"무량수불! 도우께서는 빈도가 적 현제와 나누는 말을 듣지 못하셨습니까?"

"들었소!"

"그런데 어찌 빈도의 앞을 가로막아 서시는 건지요?"

"그야……."

잠시 말문이 막혀 어물거리던 남궁성이 가슴을 펴고 외쳤다.

"……나는 남궁세가의 자제 남궁성이오!"

"예, 빈도도 마차 안에서 들었습니다."

"그리고 이 말은 내 말이오! 어찌 남의 소유물에 제멋대로 해를 가하려 하는 것이오?"

"역시 남궁 도우께서는 빈도의 말을 제대로 듣지 않으셨군요?"

"똑똑히 들었소! 똑똑히 들었으니까……."

"그럼 직접 손을 쓰시지요."

"……예?"

남궁성이 갑자기 자신에게 침 하나를 불쑥 내미는 구손을 당황한 표정으로 바라봤다.

구손이 태연하게 말했다.

"빈도가 혈 자리를 가르쳐 드릴 테니, 남궁 도우께서 직접 말의 고통을 덜어주십시오. 필시 후생(後生)에 보답을 받게 될 것입니다."

"……."

남궁성이 흡사 뭔가에 홀린 것처럼 침을 받아 들었다. 그리고 구손의 인도를 따라 말에게 다가가다가 갑자기 버럭 소리를 질렀다.

"이건 말도 안 되는 짓이야!"

"옳은 일입니다."

"그렇지 않아! 그렇지 않다구!"

연속해서 소리를 지른 남궁성이 구손에게서 후다닥 뒤로 물러났다. 얼굴에 경계하는 빛이 완연하다.

"도사는 어서 정체를 밝히도록 하시오!"

"무량수불! 이거 결례했습니다. 빈도는 무당파의 구손입니다."

"무당파?"

남궁성의 눈이 동그랗게 변했다. 그러자 뒤에 물러서 있던 언씨 성의 청년도 후다닥 다가왔다.

"본인은 진주언가(晋州彦家)의 자제인 언지경이라 합니다! 삼가 무당파의 진인을 뵙게 되어 영광입니다!"

남궁성이 억울한 표정이 되었다. 언지경에게 선수를 빼앗겼다고 생각한 것이다.

"남궁세가의 남궁성도 무당파의 선배님을 뵙게 되어 진심으로 영광입니다!"

"허허, 이런 곳에서 오대세가의 젊은 도우님들을 뵙게 되는군요. 진인이나 선배라 하심은 빈도의 얼굴에 너무 금칠을 하시는 것입니다. 그냥 빈도는 무당파의 일개 학도에 불과하니 지나치게 예의를 차리실 필요는 없습니다."

"학도?"

"하, 학도라고 하셨습니까?"

어리둥절한 표정이 된 언지경과 달리 남궁성의 눈빛은 살짝 예리하게 변했다. 구대문파에서 소림사, 화산파 등과 함께 가장 큰 성세를 누리는 무당파에서 무공 대신 학문을 익히는 학도가 있음을 가문의 어른들에게 들은 기억이 있었기 때문이다.

구손이 공손하게 말했다.

"예, 빈도는 일개 학도입니다. 무림과는 전혀 관련이 없는 사람이니 두 분 도우께서는 굳이 예의를 차리실 필요 없습니다."

"아, 예……."

언지경이 당황해서 대답하자 남궁성이 구손 뒤에 그림자처럼 서 있는 적천경을 살폈다.

첫 대면에서 느껴졌던 엄청난 위압감!

구손의 등장과 함께 잠시 잊혀졌던 그의 존재를 되새기자 오싹한 소름이 돋았다. 가문의 어른들을 살펴봐도 그만한 느낌을 전해 준 이가 있었던지 의문이었다.

하지만 과연 그게 가능한 일일까?

적천경의 외양.

자신이나 언지경과 비교해 그다지 큰 차이가 없다. 노숙한 분위기를 풍기나 잘생긴 얼굴에 팽팽한 피부, 맑은 눈빛이 이제 갓 약관을 넘긴 것 같다.

'게다가 그때만 잠깐 그 같은 기운을 풍겼을 뿐이다! 내 착각이었을 거야! 분명 그럴 거야!'

내심 자신을 향해 소리친 남궁성이 구손에게 말했다.

"본래 학도셨군요. 그럼 말에 대한 지식도 많으신 가 봅니다?"

"그렇지는 않습니다. 하지만……."

"그렇군요. 그럼 이후 말의 처리는 우리가 알아서 하겠습니다."

"……정 그러셔야겠다면 빈도로서도 어쩔 수 없겠지요."

"과연 학도라 해도 무당파의 도사시니, 일 처리를 사리에 맞게 하십니다. 그럼 이만!"

남궁성이 구손에게 공수를 해 보이고, 머뭇거리는 언지경과 함께 말 쪽으로 향했다.

꼭 뭘 할 자신이 있어서가 아니다.

그냥 구손과 적천경의 앞에서 약한 모습을 보이고 싶지 않아서였다.

그때 장호웅이 적천경의 뒤로 다가들었다.

"사부님, 제자가 처리할까요?"

'이 녀석 사람 놀라게 하고 그래……!'

적천경이 장호웅의 은밀한 목소리에 내심 흠칫 놀라곤

단호하게 고개를 저어 보였다.

"너는 그냥 보고 있어라!"

"예."

장호웅이 시무룩하게 대답하고 뒤로 물러섰다. 검 주변을 노니는 손이 무척이나 힘겨워 보인다. 버릇없이 설쳐 대는 눈앞의 정파 후기지수들을 도륙하고 싶어서 온몸이 근질거릴 지경이었기 때문이다.

그때 앞을 가로막은 말들 때문에 멈춰 선 마차의 배후로 뿌우연 흙먼지 함께 후위의 기마가 다가들었다.

대충 십여 기 정도?

그중 무리의 중심을 지키고 있던 기마의 청년이 갑자기 앞으로 튀어나오더니, 적천경 일행의 앞에 이르렀다.

히히히힝!

고삐를 잡아당기자 말이 운다.

그와 함께 말 위에서 슬쩍 뛰어내린 청년이 적천경과 구손을 향해 다가와 공수했다.

"본인은 양가장(楊家莊)의 양환이라 합니다. 제 아우들이 혹시 실례를 범했다는 미리 사죄드리겠습니다."

'양가장?'

적천경의 눈에 살짝 이채가 어렸다.

— 양가장!

정파의 기둥 중 하나인 삼대병기보 가운데 창과 병법의 오랜 명가(名家)로 군부와 무림, 양쪽에 두터운 인맥을 자랑한다. 엄밀히 말해 하북팽가와 군문 쪽의 양대 가문이라 할 수 있을 터였다.

당연히 당대에 이르러 허울뿐인 이름만 남은 남궁세가나 진주언가와는 비교하기 어려운 성세를 자랑하고 있었다. 그곳의 자제라면 무림과 군부 양쪽에 속한 자들 중 어느 누구도 감히 무시할 수 없다고 할 수 있을 터였다.

하물며 눈앞의 양환은 약관의 나이에 이미 섬뢰창(閃雷槍)이란 무림명을 얻은 양가장의 기린아(麒麟兒)였다. 정파 천하라 할 수 있는 현 무림에서 근래 이름을 얻은 후기지수 가운데 우뚝 선 존재 중 한 명이라 할 수 있었다.

물론 적천경에겐 그저 후학(後學)에 불과하다.

그다지 이름을 들어본 적도 없었다.

그가 역시 공수하며 말했다.

"명문의 자제시구료. 나는 호검관의 적천경이라 하오. 그리고 여기 있는 분은 내 의형인 무당파의 구손도장이시오."

"아! 무당파!"

구손이 얼른 첨언했다.

"학도입니다. 빈도는 학도이니 무림과는 전혀 관련이 없다고 할 수 있습니다."

"그러시군요. 하지만 남존 무당파의 진인이 무림에 나오셨으니 분명 세상을 놀라게 할 만한 재능을 지니셨을 거라 생각합니다."

"허허, 그런 건 없는데……."

구손이 담담히 웃어 보이고 여전히 힘없이 바닥에 엎어져 있는 말들을 안타깝게 바라봤다.

"……양가장 출신이시라니, 말에 대해 잘 아시겠군요?"

"어렸을 때부터 가친께 기마술을 조금 배운 정도입니다."

"양가장의 기마술은 천하에 으뜸이라 할 수 있지요."

"제 능력은 가친이나 문중의 어르신들에 비해 아주 많이 부족합니다."

"자신의 모자름을 아는 것이야말로 중요하지요. 빈도가 보기에 양 도우는 충분한 능력이 있습니다. 그러니 양 도우께서 동생 분들에게 권유해서 말들을 편하게 해 주셨으면 합니다."

"역시 말들이 문제였군요?"

"그렇다기보다는 말들을 그렇게 만든 사람의 문제라고 해야 옳겠지요."

"……."

양환이 구손의 조용한 일침에 잠시 그를 바라보고 말들을 향해 걸어가다 적천경을 살짝 훑어봤다. 구손과의 대화가 끝난 이상 그와는 더 할 말이 없다는 듯 한마디도 덧붙이지 않았다.

발끈!

마차 위의 어자석에 앉아 무료한 표정을 짓고 있던 황조경의 이마 위로 살짝 실핏줄이 도드라졌다. 양환이 적천경을 첫 대면부터 무시하자 빈정이 확 상한 것이다.

"흥! 양가장의 양환이란 말이지……."

"황 소저, 관두시오!"

"……왜요?"

황조경이 짜증 어린 시선을 던지자 나현이 묘한 표정으로 웃어 보였다.

"그냥 여태까지 제 놈이 최고인 줄 알았던 애송이 녀석의 호승심이 발동한 것뿐이오! 하긴 천경 동생의 진정한 실력을 모르는 어린것들이 그를 접한 후 보일 법한 모습이긴 하지…….."

"적 관주에게 일부러 시비를 거는 거라고 생각하시는 건가요?"

"뭐, 자신도 당황스러울 것이오. 평소엔 가문의 온갖 특혜와 기대를 한 몸에 받고 자라온 터라 이런 감정을 느껴 본 적이 없었을 테니 말이오."

"흠!"

황조경이 나현을 바라보며 턱을 손가락으로 만지작거렸다. 누가 부녀지간 아니랄까 봐 생각에 잠기자 부친 황대구 특유의 버릇이 튀어나왔다.

그때 양환이 불러온 일단의 후기지수들에 의해 말들이 관도에서 치워졌다. 일단 마차와 기마가 지나갈 수 있게 길을 치우고 후속 조치를 취하려한 것이다.

나현이 감탄하듯 말했다.

"깔끔하군."

황조경이 고개를 끄덕이며 인정했다.

"그러네요."

그때 구손이 길옆으로 치워진 말 쪽으로 걸어갔다. 여전히 그의 손에는 금침 하나가 들려져 있었다. 역시 고통에 빠져 있는 말들을 그냥 놔두고 가는 게 마음에 걸렸나 보다.

푹! 푹!

양환의 동의를 구한 후 말들의 뇌호혈(腦戶穴)에 금침을 박은 구손이 도호와 함께 잠시 경문을 외웠다. 말들이 내세에는 조금 더 좋은 운수를 타고나길 바라는 마음이었으리라.

그렇게 모든 일이 잘 마무리되는 듯했다.

분명 그랬다.

돌발적인 상황이 벌어지기 전까진 말이다.

퍽!

갑자기 마차 쪽을 기웃거리고 있던 양환의 일행 중 한 명이 장호웅의 발에 걸어채어 바닥을 나뒹굴었다. 양가장 소속 무사 중 한 명이 마차 안에 누워 있는 소하연을 몰래 훔쳐보다가 장호웅에게 들킨 것이다.

차창! 차차차차창!

양가장 일행 쪽에서 일제히 병장기를 꺼내 들었다.

단창?

그보다는 장창과 단창의 중간 크기라 함이 옳겠다. 중간 크기의 창을 치켜 올리더니, 단숨에 기마를 몰아 마차 주변을 포위해 버렸다.

그야말로 일사불란(一絲不亂), 그 자체!

마치 처음부터 이렇게 할 작정을 하고 있었던 것 같다.

그렇게 절묘하고 훌륭한 포진이었다.

그러나 적천경은 크게 개의치 않았다. 그는 냉정을 유지한 채 장호웅에게 말했다.

"잘했다!"

"예."

장호웅 역시 마찬가지다.

그는 마차뿐 아니라 자신을 비롯한 일행 전부를 포위한 양가장 기마를 보고도 아랑곳하지 않았다. 오히려 하얀 치열이 얼핏 드러난 게 이런 상황 자체를 즐기고 있는 것 같았다.

그때 양환이 양가장의 포진을 뚫고 모습을 드러냈다.

"구손도장, 어째서 본장의 무사에게 손을 쓰신 것인지 물어도 되겠습니까?"

"글쎄요."

"예?"

"하지만 빈도의 생각에 귀장의 도우께서는 맞을 짓을 했기에 맞은 것이 아닐까 생각합니다."

"……."

구손의 태연한 대답에 양환이 당황한 표정이 되었다.

잠시뿐이다.

곧 그의 시선이 적천경을 향했다. 장호웅이 적천경에

게 극도로 공경한 모습을 보이는 걸 이미 눈치채고 있었던 것이다.

적천경이 말했다.

"굳이 긴말이 필요하겠나?"

"그게 무슨 뜻인지 물어도 되겠소?"

"간단하네."

적천경이 담담한 대답과 함께 멸천뇌운검을 빼 들었다.

물론 이번에는 다친 말을 위해서가 아니었다.

파앗!

가볍게 대기를 가르는 검기가 날카롭다. 꽤나 먼 거리가 떨어져 있음에도 양환이 놀라서 자신도 모르게 몸을 움츠러뜨렸을 정도로 말이다.

"이곳은 강호! 우리는 무림인! 서로 물러설 수 없는 문제가 생겼으니, 검으로 해결하는 게 옳을 것일세!"

"……."

양환이 잠시 적천경을 바라보다 손을 내밀자 양가장 무리 중 하나가 장창을 집어던졌다.

탁!

마치 뒤통수에 눈이 달린 것 같다.

뒤쪽에서 날아온 장창을 간단히 낚아챈 양환이 적천경

을 향해 공수해 보였다.

비무 요청!

정파천하가 된 근래의 무림에서는 당연시되는 예의!

그러나 적천경이 칼을 들고 설쳤던 칠 년 전의 무림은
전혀 그렇지 않았다.

슥!

적천경이 멸천뇌운검과 함께 양환을 향해 다가섰다.

6장

항주의 후기지수들……

"헉!"

양환은 헛바람을 들이켰다.

적천경이 분뢰보 일보축지를 펼치며 순식간에 그의 코 앞까지 쇄도해 들어왔기 때문이다.

양가창법(楊家槍法)의 기수식을 펼쳐 보이고 있던 터!

이렇게 기습적인 공격을 당하자 당황해 일시 손발이 크게 어지러워졌다.

팍!

그 사이 적천경의 멸천뇌운검이 검광을 뿌렸다.

호검팔연식이 아니다.

그냥 평범한 검초!

시중의 평범한 삼류 낭인들도 대충 익히고 있는 직도황룡(直搗黃龍)이란 평범한 초식이었다.

사실 초식이랄 것도 없다.

본래는 '황룡부에서 통쾌하게 술을 마시다' 라는 뜻으로, 적의 본거지를 섬멸하는 것을 비유하는 고사성어이다. 그래서 통음황룡(痛飮黃龍)이라고도 하는데, 실제론 길게 검이나 칼을 휘둘러 상대방의 정신을 흩트려 놓는 용도로 사용된다.

당연히 큰 위력은 없다.

변화 자체가 평범하고 밋밋하다.

그러나 이런 평범한 초식이 적천경의 분뢰보 일보축지와 합쳐지자 가공할 만한 위력이 발생했다. 순식간에 명가의 자제인 양환의 창을 쳐서 하늘로 날아오르게 만들었다.

"이런 비겁한!"

"비겁하다! 비무를 위한 기수식을 펼치는 와중에 암습을 하다니!"

양가장의 무사들이 일제히 분개해서 욕설을 퍼부었다.

개중에는 당장 적천경에게 달려들어 합공을 가하려는 자들까지 있었다.

그런 일은 벌어지지 않았다.

탁!

적천경의 멸천뇌운검은 어느새 양환의 목에 갖다 대어져 있었다. 손에 미세한 힘만 준다면 당장 양환의 목은 잘려서 바닥을 나뒹굴 처지가 된 것이다.

"패배를 인정하는가?"

"인…… 정하지 못하오!"

"어째서 그렇지?"

"당신은 내게 암습을 가했소! 그것은 비무에 나서는 정파 무인의 도리가 아닐 것이오!"

"검에 목이 날아간 뒤에도 그런 생각을 할 수 있을까?"

"그건…….”

양환의 얼굴이 붉게 물들었다. 적천경이 자신과 양가장 모두를 조소한다고 생각했기 때문이다.

하지만 그는 당장 반박할 수 없었다.

그럴 만한 능력이 없음을 알고 있었다.

슥!

적천경이 멸천뇌운검을 양환의 목에서 떼어 냈다. 그리고 손을 뻗어 하늘로 날아올랐던 그의 장창을 낚아챘다. 처음부터 이렇게 계획되었던 것처럼 말이다.

휘익!

적천경이 장창을 양환에게 돌려줬다.

"죽은 자와 한차례 더 겨뤄보도록 하지! 이번엔 기수식 따위의 예의를 차리지 말고 전력을 다해 병가의 전설이라는 양가창의 진수를 보여주도록 해 봐!"

"……큭!"

양환이 심부 깊숙한 곳에서 튀어나오는 분노를 침음과 함께 삼켰다.

순식간에 흐트러져 버린 마음!

그가 어렸을 때부터 가르침 받았던 양가창법의 기본인 평정심에 위배된다. 북송(北宋) 시절부터 당대에 이르기까지 줄곧 중원 창법의 종가를 자처해 왔던 양가창법은 본래 강중유강(剛中柔剛)에 근본을 두기 때문이다.

즉, 강함 중에 부드러움과 강함이 공존한다!

그렇기에 항상 어떤 상태에서도 평정심을 유지하는 걸 중시했다. 아수라장이나 다름없는 전장을 종횡하며 만들어진 창법인 만큼 어쩌면 당연하다 할 터였다.

게다가 양환은 양가장에서도 백 년 내 기재라 불리는 존재!

군부뿐 아니라 무림에서도 이름을 떨치고 있는 후기지수의 별 같은 존재였다. 아직 청년기를 넘진 않았다곤 하

나 마음의 수련 정도가 다른 후기지수와는 다르다고 할
수 있었다.

'저자는 강하다! 양가천하신위(楊家天下神威)로 단숨
에 공격해 들어간다!'

본래는 천하제일영웅대회에서나 사용할 생각이었던
초식!

양가창법의 비전 후삼초 중 가장 자신 있는 절초를 심
중에 떠올린 양환이 장창을 꼬나 쥐고 바람같이 적천경
을 찔러갔다. 섬뢰창이라 불리는 무림명을 가진 자답게
그 속도가 가히 번개를 연상케 할 정도로 빠르다. 분명
그랬다.

탁!

그러나 순간, 다시 양환의 장창이 그의 손을 벗어나 하
늘로 날아올랐다.

방금 전과 똑같다.

양환의 얼이 빠진 듯한 얼굴.

공중으로 치솟아 올라 빙글거리며 선회하고 있는 장
창.

그리고 어느새 양환의 목에 대어져 있는 멸천뇌운검의
거무튀튀한 검신까지…….

"마, 말도 안 돼!"

"사술이다! 저자가 사술을 펼쳤어!"

양가장 무사들의 억지스러운 외침 또한 비슷했다. 양환과 적천경의 교합을 알아볼 안목이 그들에겐 존재하지 않았기 때문이다.

"이젠 인정하겠나?"

"……."

양환이 대답 대신 고개를 떨궜다.

― **좌정관천(坐井觀天)!**

우물 안의 개구리나 다름없던 자신의 좁은 안목을 어쩔 수 없이 인정하게 된 것이다.

탁!

적천경이 역시 동일하게 하늘에서 떨어져 내리는 장창을 낚아챘다.

"뭐, 좋아."

"……."

적천경이 멸천뇌운검을 거두자 양환이 떨리는 눈빛으로 그를 바라봤다. 온몸이 얼어붙어 입조차 떨어지지 않는 것 같다.

휘익!

그런 그에게 장창을 다시 되돌려 준 적천경이 말했다.

"과거 전장의 한복판에서 양가창법의 진수를 지켜본 적이 있었네. 가히 무신(武神)의 강림을 보는 듯했지."

"……."

"그래서 내가 보기에 양가의 창이 있어야 할 곳은 무림이 아니라 전장이라 생각하네. 자네가 진짜 양가창법의 진수를 얻어야 할 곳 역시 마찬가지고 말일세."

"후일……."

"전장에서 양가창법의 진수를 얻은 후 호검관으로 찾아오게. 그때 우리는 다시 절차탁마(切磋琢磨) 할 수 있을 것일세."

"……예."

양환이 뒤돌아 마차 옆에 머물러 있는 자신의 말에게 걸어가는 적천경을 바라보며 정중하게 공수해 보였다.

오늘의 가르침!

섬뢰창 양환의 인생을 크게 좌우하게 되었다. 중원 전쟁사와 함께 말이다.

*   *   *

두두두두!

항주성을 얼마 남기지 않고 말머리를 돌린 양환을 비롯한 양가장 무사들을 바라보며 나현이 휘파람을 불었다.

"휘이! 역시 명가의 자제는 깔끔하구만! 포기가 아주 빨라!"

"아쉽게 됐네요. 하필이면 천하제일영웅대회 출전 바로 전에 적 관주를 만났으니 말예요."

"오히려 행운이라 생각하오만?"

"예?"

황조경이 나현을 의혹 어린 시선으로 바라보자 그가 어깨를 가볍게 으쓱해 보였다.

"당연한 거 아니오? 명가인 양가장이 자랑하는 후기지수가 천하제일영웅대회 같이 만인이 보는 앞에서 망신을 당하지 않게 되었으니 말이오."

"그렇게도 해석이 되는군요?"

"나 역시 창을 쓰는 사람이오. 중원 창법의 전설 중 하나인 양가창법이 검을 쓰는 자에게 무참히 패배하는 광경 따윈 보고 싶지 않다오."

"……."

황조경이 묘한 표정으로 나현을 바라봤다. 그러고 보니 그가 사용하는 창술의 정체가 궁금해진다. 무당파에서도 위용을 떨쳤던 놀라운 그의 기룡신창은 어떤 중원 창법의 유파와도 비슷하지 않았기 때문이다.

이런저런 생각 속에 마차는 계속 달려서 곧 항주성 앞에 도착했다.

활짝 열려 있는 성문!

여러 전란을 견뎌 낸 천 년의 고도답게 웅장한 규모의 성문으로 무수히 많은 사람들이 오가고 있었다. 그리고 상당수가 무림인으로 보이는 자들.

정천맹의 총단이 위치한 이곳은 지금, 천하제일영웅대회로 인해 잔뜩 들떠 있었다. 천하 무림의 젊은 영웅과 후기지수들이 잔뜩 모여들어 문전성시를 이뤘다. 무림인뿐 아니라 강남의 내로라하는 상인들까지 합세해 일 년에 한 번 찾아오는 대목을 신나게 맞이하고 있었다.

황조경이 자신이 계속 맡고 있던 말의 고삐를 나현에게 내줬다.

"이거 좀 잠시 맡아 주세요!"

"알겠소."

나현이 고삐를 쥐자 황조경이 어자석에서 신형을 날려서 성문 쪽으로 걸어갔다.

이곳은 강남, 그중에서도 화악상단과 강남 전통의 강자라 할 수 있는 소항상회(蘇杭商會)의 세력이 강한 항주였다. 강북과 달리 황금귀상련의 힘이 미치지 못하는 곳인지라 성문을 수월하게 통과하기 위해선 관리 매수가 필수였다. 특히 전직 창위의 고수인 나현 같은 이와 함께인 상태에선 말이다.

그렇게 황조경이 성문의 관리자와 적당히 흥정을 벌이고 있을 때였다.

"있다! 있어!"

"간신히 따라잡았다!"

성문을 통과하기 위해 길게 늘어서 있는 줄의 뒤편에서 낯설지 않은 목소리들이 들려왔다. 얼마 전 관도 위에서 무리하게 말을 혹사시키다 죽게 만든 남궁세가의 남궁성, 진주언가의 언지경이었다.

그들은 본래 항주로 향하던 중 만난 양환의 양가장 무사들과 함께 불편한 동행을 하고 있었다. 근래 심하게 퇴락한 자신들의 가문과 달리 양가장은 여전히 세력과 명성이 드높았다. 특히 양환은 섬뢰창이란 무림명까지 있을 정도로 두 사람과는 격이 다른 존재였다.

그래서 고의로 두 사람은 중간에 말을 혹사시키며 경주를 벌였다. 내기를 빙자해 양환의 양가장 무사들과 헤어져 자신들이 돋보일 다른 무림인들을 만날 작정을 한 것이다.

그러나 그들의 무림 경험은 본래 크게 일천했다.

중간에 말들을 혹사시킨 대가를 톡톡히 치렀고, 견줄 수 없는 하늘같이 보이던 양환이 적천경에게 비참한 패배를 당하는 광경을 목도해야만 했다.

— 천외천(天外天)!

강호초행에 그들은 그야말로 하늘밖에 하늘이 있음을 알게 되었다. 자괴감과 두려움을 동시에 느끼지 않을 수 없었다. 더 이상 항주의 정천맹 총단에서 벌어지는 천하제일영웅대회에 대한 웅심(雄心) 따위는 품기 어려웠다.

하지만 본래 모든 일은 마음먹기 나름이다.

강호초행에 자신들의 부족함을 알았으니, 이젠 인맥(人脈)을 쌓는 일을 생각할 때였다. 천하제일영웅대회의 우승자가 되는 걸 깨끗이 포기하고 그럴 수 있는 자를 사귈 작정을 한 것이다. 후일의 천하제일고수를 말이다.

그리고 그들은 거의 동시에 의견의 합치를 봤다.

미래의 천하제일고수!

즉, 이번 천하제일영웅대회의 우승자로 적천경을 지목한 것이다.

당연하다.

나름대로 과거 오대세가 출신이란 자부심을 갖고 있던 두 사람이 열등감을 느꼈던 양환이었다. 그와 함께 있는 것만으로 자신감이 사라져서 일부러 떨어지려 했다.

한데 적천경은 그런 양환을 어린애처럼 다뤘다.

아예 의욕을 떨어뜨려 천하제일영웅대회 출전 자체를 포기하게 했다.

그런 고수가 당금 후기지수 중에 있었던가?

남궁성과 언지경의 생각엔 존재하지 않았다. 천하에 명성이 드높은 삼룡(三龍)이나 사봉(四鳳) 같은 정파 명문의 후기지수라 해도 양환을 그렇게 만들기란 불가능할 터였다.

그러니 이후의 결정은 단순명쾌했다.

우승자에게 달라붙기!

당장 실행해야 할 터였다. 절대 다른 자에게 선수를 빼앗길 생각은 없었다.

그래서 그들은 지닌바 재주를 다해 경신술을 펼쳤고, 결국 항주성 앞에서 적천경 일행을 따라잡았다. 절로 환호성이 터져 나오지 않을 수 없었으리라.

슉! 스슉!

남궁성이 앞장서고, 언지경이 뒤따랐다.

두 사람은 사람들을 제치고 적천경이 탄 말 쪽으로 달

려들었다.

오직 그만이 그들의 관심사였다.

그런데 그들의 앞에 갑자기 고난이 닥쳐왔다. 막 적천경이 탄 말을 얼마 앞두지 않았을 때 그들의 앞을 가로막는 사람이 있었다. 장호웅이었다.

팍! 파팍!

장호웅은 두 사람을 향해 연속적으로 검을 날렸다.

아니다.

정확히 말하자면 검갑채로 검격을 펼쳤다. 특유의 살기를 뿌리며 쾌속한 검격으로 남궁성과 언지경을 동시에 공격했다.

"헉!"

"으헉!"

남궁성과 언지경이 거의 동시에 비명을 터뜨렸다. 적천경만 신경 쓰고 있다가 평생 상대해 본 적이 없던 장호웅의 살검을 만나자 완전히 당황해 버리고 말았다.

그래도 그들은 한때 오대세가에 속했던 가문의 자손이었다.

성격이 경박하긴 하나 일반적인 강호의 무인과는 비교할 수 없는 무위를 지니고 있었다.

특히 남궁성은 나름 남궁세가의 기대주였다.

비틀!

갑작스러운 장호웅의 검격에 신형을 크게 휘청거리긴 했으나 곧 남궁성이 가문의 비전 보법인 창궁보(蒼穹步)를 펼쳤다. 표홀한 변화를 보이며 장호웅의 검격을 회피해 낸 것이다.

당연히 그 뒤는 발검이다.

허리춤에서 한줄기 새파란 검광을 일으킨 그의 검이 순간적으로 장호웅의 옆구리를 찔러갔다. 역시 남궁세가를 대표하는 창궁무적검법(蒼穹無敵劍法)의 절초였다.

언지경 역시 당황해 뒤로 물러서긴 했으나 극히 짧은 순간에 불과했다.

"감히!"

이를 악문 일갈과 함께 그가 진주언가의 대표적인 무공인 진주언가권(晋州彦家拳)을 펼쳤다.

카캉!

장호웅의 검갑이 언지경의 주먹에 부딪쳐 퉁겨졌다. 언가권 특유의 강시술(殭屍術) 제조를 이용한 권경(拳勁)의 위력이었다. 만약 장호웅이 그냥 검을 휘둘렀다 해도 결과는 마찬가지였으리라.

그러나 남궁성과 언지경이 합공을 펼쳤음에도 장호웅을 제압하는 건 요원했다.

스스슥!

두 사람이 만만찮은 가문의 비전절학으로 합공을 가하자 장호웅은 이형환위를 닮은 보법으로 대응했다. 두 사람의 합공을 어렵지 않게 막아 낸 것이다.

게다가 중간중간 검갑채로 휘두르는 검격!

위력이 만만찮다.

한 차례씩 검격을 날릴 때마다 남궁성과 언지경은 뒤로 물러서기 바빴다.

무공의 고하를 떠나 장호웅의 검은 살검!

강호 경험이 일천하고 제대로 된 생사결을 해본 적이 없던 남궁성과 언지경이 감당해내긴 쉽지가 않다. 매 교합마다 생명의 위협을 느끼는 상황의 연속인지라 두 사람이 합공을 하는 상황임에도 점차 뒤로 밀려나고 있었다.

게다가 또 한 가지 결정적인 문제점이 있다.

두 사람은 같은 문파나 가문이 아니란 것이었다.

합공?

여태까지 두 사람이 손속을 맞춘 게 얼마나 될까?

몇 차례 교합 후 두 사람의 합공이 제멋대로임을 눈치 챈 장호웅의 검격이 점차 예리해졌다. 두 사람을 이리저리 밀어붙여서 합공의 이점 자체를 발휘할 수 없게 만들었다.

그렇게 두 사람의 패색이 짙어져 갈 때였다.

휘익 — 팍!

갑자기 세 사람의 치열한 격전장 사이로 작은 돌멩이 하나가 떨어져 내렸다.

아니다.

그보다는 바닥에 내리꽂혔다는 표현이 더 옳겠다. 바닥에 꽂힌 돌멩이가 맹렬한 회전력을 보이며 격전을 벌이던 세 사람을 순식간에 떨어지게 만들었으니까.

그리고 세 사람을 향해 던져진 적천경의 한마디!

"그만해라!"

장호웅이 얼른 검을 거두며 복명했다.

"예, 사부님!"

남궁성과 언지경이 동시에 경악한 표정이 되었다.

'사부님? 우리와 별로 차이도 나지 않는 나이 같은데 벌써 제자를 뒀다는 건가!'

'이런 고수를 제자로 두고 있다니! 설마 배 속에서부터 무공을 익힌 것인가?'

슥!

그때 적천경이 말에서 뛰어내려 남궁성과 언지경에게 다가왔다.

"두 분 형장, 내게 무슨 볼일이라도 있는 것이오?"

"아니, 저기……."

"우리는…… 우리는……."

"볼일이 없다면 더 이상 우리 일행의 뒤를 따라오지 마시오!"

당황한 기색이 완연하던 남궁성이 갑자기 소리쳤다.

"……형님으로 모시고 싶습니다!"

언지경 역시 망설이는 표정을 짓다가 남궁성의 뒤를 따랐다.

"……예, 저 언지경도 남궁 형과 같은 의견입니다! 형님으로 모시고 싶으니 동생으로 받아주십시오!"

적천경이 어이없다는 표정이 되었다.

'요즘 무림인들은 툭하면 결의형제를 하려 하는군. 지금 생긴 의형들만 해도 처리가 곤란한 터에 또 이런 일이 발생하다니…….'

구손과 나현이 뇌리를 스친다.

무당파를 떠나기 전 얼렁뚱땅 그들과 맺은 결의형제의 연이 기시감처럼 다시 되살아난 것이다.

잠시뿐이다.

곧 평상시와 다름없는 표정을 회복한 적천경이 고개를 가로저었다.

"나는 아무하고나 형제의 연을 맺지 않네."

"저는 남궁세가의 자손입니다! 결코 아무나가 아닙니다!"

"저는 진주언가의 자손입니다! 저 역시 아무나가 아닙니다!"

적천경은 단호했다.

"자네들이 어떤 가문 출신인가는 중요치 않네. 나는 자네들과 형제의 연을 맺을 생각이 없으니, 더 이상 귀찮게 하지 말게."

"형님, 제가 잘 하겠습니다!"

"예, 형님! 저도 잘 하겠습니다!"

남궁성과 언지경이 거의 달라붙으려는 기세로 다가들자 그들의 앞을 장호웅이 막았다.

스릉!

이번에는 검이 뽑혀 나왔다. 사부 적천경을 지키기 위해 제자 장호웅이 드디어 검을 뽑아든 것이다.

"사부님에게서 당장 물러서라! 그렇지 않으면 내 검이 무정함을 원망하게 될 것이다!"

"큭!"

"크윽!"

남궁성과 언지경이 신음과 함께 분한 표정을 지어 보

였다. 적천경과 자신들의 사이를 가로막고 있는 장호웅이 원망스러웠다. 두 사람 모두 그만 없으면 어떻게든 적천경에게 찰싹 달라붙어서 절대 안 떨어질 자신이 있었던 것이리라.

그때 성문 쪽에서 황조경이 돌아왔다. 성문을 지키는 관리자와의 거래가 끝난 것이다.

"출발!"

황조경이 어자석에 앉아서 마차를 출발시키자 적천경이 말 위에 다시 올라탔고, 그 뒤를 장호웅이 따랐다. 남궁성과 언지경에게 살벌한 경고의 눈빛을 던지는 것도 잊지 않았다. 다시 적천경을 귀찮게 하면 어떻게든 죽여 버리리라 내심 다짐하면서 말이다.

그렇게 적천경 일행은 항주성에 들어갔다.

풍운의 대지!

혹은 정파 천하의 중심지라 불리는 정천맹 총단이 이제 바로 코앞이었다.

*   *   *

항주에서 가장 유명한 음식점은 보통 삼외(三外)로 통칭되는 루외루(樓外樓), 산외산(山外山), 천외천(天外天)

이다.

하나같이 천하무쌍이라 불리는 미식가들의 보물과 같은 음식점들인데, 근래 그야말로 발 디딜 틈이 없는 호황을 누리고 있었다. 천하제일영웅대회 개최일이 바로 코앞이라 다수의 무림인들이 항주로 몰려들었기 때문이다.

그래서 반대급부의 호황을 누리게 된 게 부근의 비슷한 명패를 단 음식점이나 주루, 객점 등이었다. 항주를 대표하는 삼외를 찾았던 자들 중 상당수가 구름같이 모인 손님들에 기함을 토하고 그쪽으로 빠진 덕을 보게 되었다.

산중루(山中樓) 역시 비슷한 곳 중 하나였다.

누가 보더라도 삼외의 이름값을 얻기 위해 지어진 이름.

위치 역시 그리 멀지 않다.

항주 시내의 십자로(十字路)에서 골목 하나만 돌면 나오는 위치에 버젓이 현판을 매달고 성업 중이었다. 항주 초행인 자들과 글공부가 짧은 무림인의 상당수가 이곳의 주요 고객이었다. 아주 잘 걸려들었다.

다각! 다각!

마차를 몰고 십자로를 가로지른 적천경 일행이 산중루 앞에 도착한 건 정오가 한 시진가량 지날 무렵이었다. 중간에 몇 가지 분쟁을 처리하느라 점심 식사시간이 꽤나 지나갔다.

황조경이 눈을 빛내며 말했다.

"산중루라! 이곳의 규모가 꽤 크고, 서호(西湖)가 멀지 않으니 거처로 삼기에 적당할 것 같군요."

"산중루? 삼외가 아니잖아!"

"삼외요?"

"항주에 온 사람이라면 반드시 가 봐야하는 음식점이 있는데, 그걸 삼외라 하오. 내가 강남 쪽에 임무를 띠고 올 때면 반드시 들러서 몇 가지 요리를 즐기곤 했는데, 맛이 황실의 숙수가 만든 것처럼 일품이라오."

"그건 놀라운 일이로군요. 하지만 그런 좋은 음식점에 지금 자리가 있을까요?"

"그야……."

황조경의 논리적인 반문에 나현이 뭐라 하려다 말문이 막혔다. 생각해 보니 성문을 통과할 때도 인파가 엄청났다. 한낮이나 다름없는 이때에 삼외같이 유명한 음식점에 자리가 있을 것 같진 않았다.

황조경이 빙긋 웃었다.

"그럼 결정 났군요. 오늘 우리가 묵을 거처는 여기 산중루예요!"

"……."

나현의 입술이 쑥 나왔다.

오랜만에 삼외의 혀가 녹을 것 같은 미식(美食)을 맛보게 되었다고 좋아했는데 모두 물거품이 되었다. 역시 거친 무림인처럼 음식 맛을 모르는 자들과 함께하는 여행은 자신같이 고상한 사람과 어울리지 않는다는 생각이 들었다.

'그러니 반드시 이번에 황후님을 옹립해야만 한다! 그분의 충성스러운 심복이 되어서 북경에 돌아가야만 해!'

— 미신 당세령!

오늘도 그녀를 황후로 만들 생각에 가슴 설레어하는 나현이었다.

잠시 후.

산중루에 여장을 푼 적천경 일행이 큰방에 모여 앉았다. 황조경이 적당히 은자를 풀어서 일행 전부가 모여서 식사할 수 있는 조용한 상방을 얻은 것이다.

적천경이 처제 소하연을 근심스럽게 바라봤다.

'처제의 안색이 갈수록 화사해지고 있다. 의원들은 그

걸 촛불이 꺼지기 직전에 환해지는 것과 같다[회광반조 : 廻光反照]고 했는데, 처제에게 얼마나 더 시간이 남았는지 모르겠구나!'

소하연을 보면 아내 소연정이 떠오른다.

보고 있는 것만으로도 마음이 괴로웠다.

하지만 그래서 더더욱 소하연의 절맥증을 치료할 수 있는 실낱같은 희망을 포기할 수 없었다. 구손이 호언장담을 한 만큼 반드시 미신 당세령을 만나 처제 소하연의 치료를 부탁할 작정이었다.

그때 소하연이 홍조가 어려 평소보다 더욱 어여뻐진 얼굴로 살짝 미소 지어 보였다.

"형부, 제 얼굴, 닳겠어요."

"미안."

"음식이 식기 전에 드세요. 이곳의 음식이 제법 맛있네요."

"그러지."

적천경이 대답과 함께 자신 앞에 덜어진 요리를 젓가락으로 집어먹었다. 소하연의 말마따나 음식 맛이 썩 나쁘지 않았다. 과연 항주의 중심 거리에 위치한 음식점답다는 생각이 들었다.

나현은 달랐다.

그는 자신의 앞에 놓인 요리를 몇 차례 젓가락질한 후 와락 인상을 썼다.

"망할 놈들, 일급의 요리를 내놓으라고 했거늘 이런 싱싱하지 않은 식자재로 된 음식을 내놓다니!"

"싱싱하지 않은 식자재요?"

"향신료가 지나치게 강하잖아! 이건 식자재가 싱싱하지 않은 걸 숨기려고 숙수 녀석이 수작을 부릴 때 하는 짓거리라구!"

"확실히 향신료가 좀 심한 것 같긴 합니다만……."

구손이 요리를 젓가락으로 한 점 집어먹고 고개를 갸웃거려 보였다.

사실 그는 무당파의 도사다.

불교의 사찰과 다름없는 청정무위의 도관에서 평생을 보낸지라 식재료의 신선함 같은 건 알지 못했다. 사실 그런 것에 크게 관심도 없었다. 근자에 장강 이북 쪽에는 난민이 넘쳐서 무당파가 있는 호북성까지 몰려들고 있었다. 이렇게 음식이 넘치는 항주의 모습은 사치스럽게까지 느껴졌다.

물론 속으로만 그리 생각했다.

"……무량수불!"

구손은 잠시 묵념을 함으로써 도사로써의 양심을 털어

버렸다.

어차피 가난은 나라님도 구제하지 못한다고 했다.

자신의 손을 떠난 난민들의 어려움에 구애받아 눈앞의 진미를 포기할 생각 따윈 구손에겐 존재하지 않았다.

그 후 여전히 투덜대려는 나현을 향해 황조경의 '그럼 굶으라!' 는 말이 돌아왔다.

자금을 대고 있는 자!

대놓고 실세라 할 수 있는 황조경의 한마디에 모든 상황이 종결되었다. 구손은 다시 도호를 외웠고, 나현은 입을 내민 채 투덜거림을 멈췄다.

늦은 점심 식사는 그렇게 평화롭게 이어졌다. 다들 무척 배가 고팠던 터라 주문한 요리를 하나도 남김없이 싹싹 먹어치워 버렸다.

                    *   *   *

루외루.

십자로의 골목에 위치해 있는 산중루 등의 여타 주루나 음식점과 달리 서호의 바로 코앞에 위치해 있는 항주제일루(杭州第一樓)!

강남 삼대 누각이라 불리는 무한(武漢)의 황학루(黃鶴

樓), 악양(岳陽)의 악양루(岳陽樓), 남창(南昌)의 등왕각
(藤王閣)에는 견주지 못한다. 그만큼의 역사와 문화적인
가치를 지녀서 시인묵객(詩人墨客)들의 찬양을 받는 곳
은 아니라 할 수 있었다.

하지만 이곳은 유명했다.

항주의 중심인 서호의 십경(十景)과 더불어 그 음식 맛
의 우수함으로 강남제일의 자리를 차지하고 있었다. 삼
외 중에서도 최고인지라 항주를 방문하는 고관대작이나
만금(萬金)을 지닌 거부, 무림의 일방지주급들은 반드시
찾곤 하는 장소였다.

당연하달까?

근래 중원 무림을 들썩이게 하고 있는 정천맹의 천하
제일영웅대회로 인해 루외루의 가치는 무섭도록 치솟았
다. 천하각지에서 몰려온 거물급 무림인과 상인 등이 이
곳에서 한 끼의 식사를 하기 위해 매일같이 몰려들고 있
었기 때문이다.

만약 루외루의 주인이 항주성 인근 도지휘사사의 친인
척이 아니었다면 매일같이 칼부림이 나도 몇 번은 났을
터였다.

그도 그럴 것이 항주성에 무림인들의 숫자가 늘어나면
서 자존심을 내세운 날강도 같은 행동을 하는 인물들이

속속 등장했다. 그들의 제어를 위해서 정천맹에서는 특별히 항주성 인근을 정예 무인들을 보내서 순찰을 돌게 하고 있었다. 루외루는 그중 가장 중요한 순찰지 중 한 곳이었고, 덕분에 여태까지 무림인에 의한 심각한 문제는 발생하지 않았다.

한데 그런 루외루!

한 번 요리를 먹으려면 고관대작이 아니고서야 한 달 전부터 예약을 해야만 하는 이곳의 최상층이 지금 적막에 휩싸여 있었다. 오늘 하루 동안 최상층인 삼 층의 특실 전체를 예약한 한 명의 절세미녀가 식사를 하며 벌어진 일이다.

백옥 같은 피부.

은은한 살기가 어린 수려한 미목(眉目).

고급스러운 최상급 비단으로 된 현의 궁장의 사이로 언뜻언뜻 엿보이는 미려한 몸매.

독특한 점을 들자면, 옥용이라 할 수 있는 얼굴의 반을 가로막고 있는 면사다. 진면목을 적당히 가림으로서 절세미녀의 외모를 더욱 신비롭게 만들고 있었다.

이 같은 미녀가 천하에 둘 일리 없을 터!

루외루에서 지금 식사하고 있는 절세미녀의 정체는 무당파를 세상에서 없애려했던 창위 부영반 주약린이었다.

적천경과 구손 등의 대활약으로 인해 무당산에서 원하던 바를 이루지 못한 그녀가 갑자기 정파 무림의 중심인 항주에 모습을 드러낸 것이다.

오물오물!

면사를 한 손으로 걷어내고 루외루가 자랑하는 각종 요리를 한 점씩 집어먹던 주약린의 아미가 살짝 치켜 올라갔다.

"항주제일루란 곳의 음식이 고작 이 정도밖에 안 되는구나!"

움찔!

찔끔!

주약린이 식사를 하는 동안 충실한 노복처럼 식탁 너머에 시립해 있던 상곤과 황노식의 얼굴이 시커멓게 변했다.

주약린을 따라 무당산을 떠난 지 얼마나 되었을까?

오랫동안 주군으로 삼았던 건문제를 찾을 때까지 주약린에게 충성을 맹세한 그들은 짧은 기간 동안 꽤나 많이 늙어 있었다. 성정이 독랄하고 안하무인인 어린 주인을 따라 강호를 떠도는 동안 고생이 상상 이상으로 많았던 것이리라.

상곤이 조심스레 말했다.

"약린 아가씨, 다시 음식을 내오라고 할까요?"

"됐어! 어차피 이따위 요리밖엔 만들지 못하는 숙수에게 뭘 기대하겠어? 그냥 내 앞으로 데려와서 손목 하나만 잘라 버리도록 해!"

"예?"

"근래 장강 이북 쪽에서는 이재민이 엄청날 정도로 양식이 태부족한 상황이야. 그런데 상당한 음식 값을 받고서 이 정도밖에 요리를 만들지 못했으니, 잘못에 대한 대가를 치러야 하는 게 마땅하잖아?"

태연하게 자신의 악랄한 독심을 대의(大義)로 포장하는 주약린을 상곤이 잠시 난감한 표정으로 바라봤다.

누가 보더라도 트집이다.

항주까지 오는 동안 몇 번이나 경험한바 있는 수작이다.

하지만 상곤은 주약린의 요구를 거절할 말을 찾기가 어려웠다. 악의(惡意)에 가까운 그녀의 살기가 한번 발동하면 사람 몇 명쯤은 살과 뼈를 발라내야 멈춘다는 걸 알기 때문이다.

만약 그렇게 하지 못하게 한다면?

부르르!

상곤이 상상만으로도 소름이 돋는지라 어깨를 가볍게

떨어보였다. 그러자 입을 꾹 다문 채 서 있던 황노식이 쿡 하고 그의 옆구리를 찌른 후 소매를 끌고 방 밖으로 데려 나갔다.

"상 공공, 그냥 적당히 숙수 녀석의 손목 하나 잘라 오시오!"

"그렇지만……."

"이러다 약린 아가씨가 또 미쳐서 날뛰기라도 하면 어찌하려는 것이오? 정말 루외루가 피바다로 변하는 광경을 보고 싶으신 건 아닐 테지요?"

"……하아!"

상곤이 황노식의 말에 반박하지 못하고 긴 한숨을 내쉬었다.

작은 신장에도 불구하고 천군만마를 호령하는 대장군처럼 당당하던 그의 어깨가 축 처졌다. 명인(名人)의 반열에 오른 루외루 숙수의 손목을 자르러 가야하는 자신의 처지가 너무 한심스러웠다.

그때 최상층 특실에서 홀로 식사를 하고 있던 주약린의 낭랑한 목소리가 방문을 뚫고 두 사람에게 날아들었다.

『빨리 다녀와! 후식 따윈 그다지 먹고 싶지 않으니까!』

'전음입밀(傳音入密)?'

'허! 젊은 나이에 벌써 전음입밀까지 할 수 있다니!'

상곤과 황노식이 놀란 표정이 되었다. 내공이 최소한 일갑자 이상이 되어야 펼칠 수 있다고 알려진 전음입밀을 주약린이 펼쳤기 때문이다.

물론 그들도 전음입밀을 펼칠 수는 있다.

주약린과 달리 나이를 먹을 만큼 먹었으니까.

하지만 그녀와 비슷한 나이일 때는 이 같은 초절한 절기는 꿈조차 꿀 수 없었다. 아무리 대단한 무공의 천재라 해도 내공이란 건 특별한 기연이 없는 한 일조일석(一朝一夕)에 이룰 수 없는 법이었다.

물론 황족은 다르다.

그것도 무공에 재능이 있는 사람이면 말이다.

'당금 황상의 기묘한 총애를 받고 있다더니, 정식으로 황족 대우를 받지 않았음에도 황궁무고(皇宮武庫)에 들어갔구나! 하긴 그곳에 산처럼 쌓여 있는 무공비급과 각종 무림의 영단의 도움을 받았다면 일갑자가 아니라 삼갑자나 오갑자 내공인들 쌓지 못할 건 없을 테지……'

— **황궁무고!**

황실과 관련이 있는 무인들에겐 일종의 꿈에서인들 들어가고 싶어 하는 보물 창고라 할 수 있었다. 명태조 주원장이 천하를 제패하며 도움을 받았던 무림 세력에게 진상 받은 각종 무공비급과 기사회생의 영단이 산처럼 쌓여 있는 곳이기 때문이다.

그래서 상곤과 황노식도 충성심을 인정받아 황궁무고에 한 차례 들어가 본 적이 있었다. 그곳에서 얻은 무공으로 절정의 고수가 되었고, 영락제를 보좌해 무수히 많은 북벌에 나설 수 있었다.

하지만 그것도 단지 과거의 영광일 뿐!

진시황(秦始皇)을 뛰어넘는 영웅이라 여겼던 영락제는 이미 사자(死者)가 되었고, 두 사람은 늙었다. 이제 영락제의 마지막 명령을 지키고자 건문제를 찾은 후 죽을 때를 기다리는 것이 두 사람의 마지막 바람일 뿐이었다.

내심 그 같은 생각을 떠올리며 쓴웃음을 입가에 매단 상곤이 황노식을 한차례 바라본 후 계단 쪽으로 걸음을 옮겼다. 오늘 애꿎은 한 명의 숙수가 손목을 잃어버리게 생겼다.

7장

하루 동안 세 명의 봉황(鳳凰)을 만나다!

늦은 오후!

루외루 일 층은 여전히 흥청거리고 있었다.

정오를 지난 지 한참이 되었으나 손님의 숫자가 그리
많이 줄어들지 않았다. 비싸고 예약이 어려운 만큼 확실
한 만족을 준다는 루외루의 영업 방침에 의해 끊임없이
최고의 요리가 날라져 나오고 있었다.

혀가 녹을 것 같은 맛!

빼어난 풍미를 지닌 온갖 요리의 향연!

고작 일반석이라 할 수 있는 일 층이었으나 식사를 즐
기는 사람들의 표정은 하나같이 밝았다. 허리를 조이고

있던 요대 따위는 한참 전부터 풀어버린 채 쉴 새 없이 요리를 향해 젓가락을 놀리고 있었다.

그런데 갑자기 주방 쪽에서 소란이 일어났다.

무언가가 박살 나는 듯한 소음이 연속적으로 터져 나오더니, 한 명의 중년 숙수가 작은 키에 다부진 몸을 한 상곤한테 주방에서 질질 끌려나왔다. 벌써 몇 대 얻어맞았는지 얼굴의 반면이 멍 자국으로 가득하다.

그러자 일 층의 일반석에 앉아 식사를 하던 몇 명의 무림인이 노한 표정으로 신형을 일으켜 세웠다. 평상시처럼 루외루 쪽 순찰을 돌다가 간식과 차를 대접받고 있던 정천맹 소속 무사들이었다.

"감히!"

"정천맹이 있는 항주에서 소란을 피우다니!"

그러나 그들은 신형을 일으킨 것보다 빨리 바닥을 나뒹굴었다.

우당탕! 쿵! 털썩!

주변 탁자 위에 놓여 있던 대나무 젓가락이 원인이다.

상곤이 가볍게 탁자를 때리자 몇 개의 대나무 젓가락이 공중으로 날아올랐다가 맹렬히 정천맹 무사들의 요혈을 가격했다. 찰라간에 그들 모두의 마혈을 제압해 버린 것이다.

"우왓!"

"우아아앗!"

일반석 여기저기에서 비명이 터져 나왔다. 개중에는 입안 가득 들어가 있던 음식물이 여기저기 튀어나오는 자들까지 있었다.

마른하늘에 날벼락!

현재 루외루에 모여 있는 사람들이 떠올릴 수 있는 상황이었다. 대부분 가진 것이 많은 자들인 탓에 예상치 못했던 사단에 완전히 겁을 집어 먹었다. 어느 누구도 상곤에게 주방에서 얻어맞고 끌려나온 숙수를 걱정하지 않았다.

상곤이 오만한 표정으로 냉소했다.

"흥! 항주 정천맹에 천하의 영웅이 모두 모였다더니, 헛소리였던 것 같구나! 노부, 너희들에겐 딱히 볼일이 없다! 내 주인에게 죄를 지은 이 숙수 녀석을 잡아갈 뿐이니, 더 이상 소란을 피울 필요는 없을 것이다!"

"……."

상곤의 일갈에 루외루 일층이 조용해졌다.

어느 누구도 그의 위세에 감히 대항하려하지 않았다.

아니다.

상황이 곧 바뀌었다.

스파팟!

문득 일 층에 위치한 몇 개 안되는 특실 안에서 시퍼런 검광이 일어나더니, 순식간에 상곤을 노리며 파고들었다. 흡사 특실로부터 상곤에게까지 일종의 검으로 된 길이 생긴 것이나 다름없는 광경이 연출된 것이다.

물론 눈의 착각일 뿐이다.

현혹이라 함이 옳았다.

쉬아악!

느닷없이 특실로부터 일어난 검의 길 속으로 한줄기 검기가 파고들었다.

일반인이라면 거의 눈조차 뜨지 못할 정도의 현란한 광채!

그 속으로 은밀한 검기가 모습을 드러낸 것이다. 숙수의 뒷덜미를 꽉 붙잡고 있는 상곤을 노리고서 말이다.

파곽!

그러나 상곤이 다시 탁자를 손바닥으로 때렸다.

이번에는 한 번이 아니라 두 번이다.

그러자 공중으로 비산한 대나무 젓가락들!

그중 하나가 상곤의 손에 들렸다. 그리고 눈을 현혹시키는 검광을 뚫고 자신에게 날아든 검기를 향해 휘두른다.

쩍!

대나무 젓가락이 갈라졌다.

검광을 뚫고 파고든 검기가 그리 만들었다.

하나 단지 그뿐.

대나무 젓가락을 가르고 들어오던 검기가 중간에 멈췄다. 절반가량만을 자른 채 정지했다. 마치 무언가 보이지 않는 벽에 가로막힌 것처럼 말이다.

그와 함께 모습을 드러낸 검기의 주인!

하늘거리는 하얀 무복!

매화문양의 은채로 단단히 고정해 길게 내려뜨린 삼단 같은 머리.

백설같이 하얀 얼굴.

설부화용(雪膚花容)이란 말이 절로 어울리는 십팔 세 가량의 소녀다. 보는 이로 하여금 절로 탄성을 발하게 하는 미모가 막 꽃을 피운 듯 보였다.

즉, 천하에 보기 드문 미녀란 뜻!

당연히 그 위치가 범상할 리 없다.

─ 옥봉황(玉鳳凰) 유청려!

근자에 천하에 명성을 떨치고 있는 후기지수 중 선두

권을 이루고 있는 삼룡사봉 중 화산파의 한 떨기 매화꽃이다. 종종 천하제일검으로 일컬어지곤 하는 매화검신 유원종의 손녀이기도 한 고귀한 신분이기도 하다.

하나 그녀를 특정짓는 가장 큰 장점은 따로 있었다.

흔들!

상곤이 일으킨 내력에 의해 자신의 매화검이 막히자 유청려가 신형을 가볍게 뒤틀며 검신에 진동을 일으켰다.

검파(劍波)!

강력한 내력에 막힌 유청려의 검기가 파도처럼 넘실거리며 사방으로 기운을 발산했다. 그렇게 함으로써 자신보다 강력한 상곤의 내력이 만들어 낸 방죽에 실금을 가게 만든 것이다.

그리고 맹렬한 발의 일격!

파파파파팍!

화산파가 자랑하는 소엽퇴법(掃葉腿法)이다. 현란한 발의 움직임이 흡사 가을 나무에서 떨어져 내리는 나뭇잎 같다고 해서 붙여진 이름의 각법!

순간적으로 상곤의 상반신 전체가 유청려의 발그림자에 휩싸였다. 검파와 소엽퇴법의 양동공격을 당한 셈이된 것이다.

그러나 상곤은 영락제를 따라 몇 차례나 북벌에 나섰던 백전노장이었다. 유청려의 양동공격에 살짝 놀라기는 했으나 곧 뇌권신장이라 불리는 자신의 본색을 드러냈다. 음도구상권의 맹렬한 권풍으로 유청려의 소엽퇴법과 검파를 동시에 날려 버린 것이다.

콰릉!

"헉!"

유청려가 다급한 헛바람을 들이켜며 공중으로 날아올랐다.

팍!

일 층 천장을 발로 내디뎠다.

상곤의 음도구상권이 일으킨 권풍에 떠밀린 상태에서도 절묘하게 허리를 틀어 천장에 부딪치는 걸 피했다. 발바닥의 중심, 용천혈(湧泉穴)에 기력을 쏟아 내 반탄력을 줄이고, 매끈한 종아리와 허벅지 쪽의 탄력을 총동원했다. 그렇게 음도구상권의 권풍으로부터 자신을 무사히 빼낼 수 있었다.

슉!

그래도 권풍의 여력이 남아 있었던지 유청려가 착지와 함께 뒤로 몇 걸음이나 물러섰다. 흡사 물결에 물결을 더한 것 같은 권풍의 기세에 대항할 내력이 부족했기 때문이다.

상곤의 입꼬리가 치켜 올라갔다.

"어린 계집이 맹랑하구나! 감히 노부에게 그까짓 잔재주를 믿고 덤벼들다니!"

"……."

"게다가 노려보기까지 해?"

상곤의 눈에서 불똥이 튀어나왔다.

옥봉황이라 불리는 유청려의 매혹적인 미모.

주약린을 떠올리게 한다.

그녀의 종복을 자처한 이래 그동안 억눌러 왔던 분노가 비슷한 미모의 소유자인 유청려를 만나 폭발한 것이다.

스윽!

여전히 한 손에 숙수의 목덜미를 쥔 채 성큼 한 걸음 나선 상곤의 주먹에 다시 예의 권풍이 실렸다. 음도구상권의 위력을 한 단계 더 높여서 유청려를 단숨에 박살 내려 했다.

한데 그때 난장판이 된 일 층의 다른 특실에서 또 다른 검기가 날아들었다.

청백하다는 표현이 어울릴 듯한 하얀 광채!

검기라 부르기엔 아까울 만큼 아름답다.

그런 순백의 검기가 막 신형을 추스르지 못한 유청려에게 음도구상권을 날려가던 상곤의 어깨를 노렸다. 정확히 7이 오른쪽 어깻죽지의 힘줄 부근을 노리며 파고들었다.

"감히!"

상곤이 버럭 노성을 터뜨리면서도 방심하지 않고 팔꿈치를 회전시켰다. 유청려를 노리고 있던 음도구상권의 방향을 교묘하게 되돌려서 자신을 노리며 날아든 순백의 검기에 대응했다.

그러나 그 순간 순백의 검기가 방향을 바꿨다.

파팟!

겨울철 차가운 고드름처럼 날카롭게 변화한다.

어깻죽지를 향해 파고들던 검기가 예각을 그리며 상곤의 허리춤을 훑어버렸다.

"크윽!"

상곤이 신음을 터뜨렸다.

놀랍게도 허리춤에서 핏물이 흘러내린다.

단 한 차례의 검격에 제법 큰 상처를 입은 것이다.

그리고 그와 동시였다.

사락!

옷자락이 휘날리는 작은 소리와 함께 한 명의 푸른 장

포를 걸친 여검객이 상곤에게 파고들었다.

신검합일(身劍合一)!

그보다는 검신일체라 함이 어울릴 듯한 표홀한 검초가 상곤의 전신을 찔러 들어왔다. 흡사 수십 개가 넘는 송곳이 날아드는 것이나 다름없었다.

그에 발맞추듯 뒤로 물러나 있던 유청려도 합공에 나섰다.

검봉(劍鋒)!

천하 명산 중 가장 검을 많이 닮았다고 알려진 서악(西嶽) 화산을 닮은 검기가 순식간에 수십 송이나 되는 매화를 피워 냈다.

― 매화삼십육신검형(梅花三十六神劍形)!

화산파 삼대검학 중 일절이다.

일반적으론 매화검법(梅花劍法)이라 일컬어지는데 유청려의 검에서 펼쳐지자 삽시간에 사방에 화려한 꽃망울을 틔웠다. 흡사 각양각색의 매화가 사방에서 피어나 아름다움을 견줘 보이는 것만 같았다.

"……."

상곤의 안색이 굳었다.

눈 깊은 곳에서 살기가 어렸다. 두 여인의 합공이 오랫동안 전장을 떠나 있던 그의 광기를 깨워버린 것이다.

우르릉!

오른 주먹을 묵직하게 내뻗으니 벼락같은 뇌성이 인다.

쾅! 쾅! 쾅!

왼 주먹을 연달아 짧게 내치니 범종이 깨지는 듯한 굉음이 소나기처럼 쏟아진다.

스스스슥!

다리 역시 쉬고 있지 않는다.

마보(馬步)에 가까운 자세에서 거의 움직임을 보이지 않던 여태까지와 달리 기묘한 변화를 일으킨다. 좁은 공간에서 전후좌우로 종횡하듯 움직이며 두 여인의 합공에 대응하기 시작한 것이다.

그러자 단숨에 전세가 반전되었다.

"헉! 헉!"

연달아 상곤의 음도구상권의 짧은 권격을 감당해야만 했던 유청려의 호흡이 거칠어졌다. 당장 속에 있는 걸 모조리 토악질이라도 할 것 같이 봉긋한 가슴이 들썩거렸다. 여전히 수중의 검을 놓치지 않고 있으나 안색이 극도로 창백해진 것이 당장 피를 토하지 않는 게 다행일 정도였다.

반면 그녀를 위기에서 구해 준 여검객!

그렇다.

여검객이라고 밖엔 할 말이 없다.

사내나 걸칠 법한 푸른색 장포에 얼굴의 반면을 가린 방립(方笠)은 제대로 된 용모를 알 수 없게 한다. 방립 밑으로 보이는 갸름한 턱 선과 붉은색 입술, 서늘할 정도로 오똑한 코의 선이 여인임을 알 수 있게 해 줄 뿐이었다.

손 역시 마찬가지다.

계속 매서운 검격을 쏟아 내는 여인의 손은 사내와 달리 작았다. 어떻게 적지 않은 무게의 철검을 계속 맹렬하게 쏟아낼 수 있는지 의아할 정도로 작았다.

그 여검객은 여전히 상곤을 상대로 분전하고 있었다.

맨 처음 그의 허리춤에 긴 검상을 입힌 이래, 몇 번이나 기상천외한 검격으로 위협을 가했다. 만약 두 사람간의 내력 차가 상당하지 않았다면 이미 승부는 끝났을 터였다. 그만큼 여검객의 검법은 빼어났다.

그러나 승부가 장기전이 되자 두 사람의 현격한 내력 차가 승부의 추를 한쪽으로 기울어지게 했다. 여검객과 합공을 한다기엔 유청려의 무공이 지나치게 떨어졌다. 적어도 둘 사이에는 두 단계 이상의 무공 격차가 존재하고 있었다.

"악!"

결국 힘겹게 비티고 있던 유청려가 짧막한 비명과 함께 바닥에 쓰러졌다. 음도구상권의 연격(連擊)에 몸을 보호하고 있던 자하신공이 깎이고 깎여서 밑바닥을 드러내고 만 것이다.

당연히 그다음은 여검객이었다.

우르르 쾅!

유청려를 쓰러뜨리자마자 상곤은 여검객을 향해 음도구상권을 쏟아 부었다. 그녀를 제압하기 위해선 최선을 다해야만 했다. 결코 자신보다 낮은 무위를 지녔다고 생각하지 않았다.

"큭!"

여검객이 검과 함께 뒤로 주르륵 밀려났다. 신묘한 검법으로 상곤의 음도구상권을 계속 깎아내다가 한 가닥 내경을 피하지 못했다.

살짝 벌어진 붉은 입술.

갸름한 턱 선으로 흘러내리는 한줄기 핏물.

'계집! 그렇게 지독하게 굴더니, 드디어 내상을 당했구나!'

상곤이 눈을 빛내곤 여검객에게 오만한 표정으로 말했

다.

"아직 어린 나이 같은데, 노부의 주먹을 이만큼 받아 냈구나! 네년의 무공이 가상해서 이만 놔주도록 하겠다! 당장 조용한 곳으로 물러나 운기조식(運氣調息.) 하거라!"

"그럼…… 숙수를 놔주세요!"

"뭐라?"

"죄 없는 숙수를 놔주라고 했어요!"

여검객의 목소리는 생각보다 청아했다. 부드러우면서 도 강한 힘이 느껴지는 좋은 음성이었다.

그러나 상곤은 그녀에게 빈정이 상했다.

어린 나이에 꽤나 훌륭한 무공을 지녔다고 생각했다.

그래서 자신의 허리에 검상을 입혔음에도 그냥 놔주려 했다. 아주 큰 선심을 쓴 것이다.

'그런데 감히 패배자 주제에 내게 조건을 내 걸어?'

어차피 미모가 빼어난 유청려는 죽이려 했다.

이젠 무공이 뛰어나고 목소리가 청아한 여검객도 죽여 야만 하겠다.

그렇게 마음먹었다.

우르릉!

상곤이 살심을 일으키자 그의 전신에서 뇌성이 일었 다. 음도구상권의 위력이 다시 한층 강화되었다는 의미!

한데 막 여검객에게 최후의 일격을 가하려던 상곤이 흠칫 놀란 표정이 되었다.

덜컥!

마침 루외루의 문을 열고 안으로 들어온 한 사내.

적천경!

무당산 금전에서 상곤과 황노식 두 사람의 합공을 물리친 바 있었던 그가 등장했다. 마치 거짓말과 같이 재회하게 되었다. 그것도 꽤나 부끄러운 짓을 하는 와중에 말이다.

'왜 하필 저자를 이런 곳에서 만났단 말인가! 약린 아가씨가 저자를 만나면 어떤 짓을 할지 모르거늘……'

잘못된 만남!

무당산에서의 주약린과 적천경의 만남을 상곤과 황노식은 그렇게 정의하고 있었다.

타고난 절세미모와 달리 더러운 성격과 악랄한 취미를 동시에 겸비한 주약린이었다. 그런 주제에 권력욕과 자부심은 엄청나서 내심 당대의 측천무후(測天武侯)가 되는 걸 꿈꾸고 있었다. 겉으론 안 그런 척 하나 황실에서 잔뼈가 굵은 환관 출신의 상곤과 황노식은 어느 정도 짐작한지 오래였다.

그런 그녀에게 있어 적천경은 악연(惡緣), 그 자체였

다.

그로 인해 무당산에서의 모든 계획이 망가졌고, 조부
인 건문제 역시 놓쳐 버렸다. 그녀로선 적천경을 미워할
이유가 넘칠 정도로 많다고 해도 과언이 아니었다.

그럼에도 그녀는 적천경을 용서하려 했다.

관대하게 그를 자신의 종복으로 삼으려 했다.

곁에 두고 유용하게 써먹을 작정이었다. 그만한 능력
이 있다고 여겼기 때문이다.

그런데 적천경이 거절했다.

그녀 평생에 보기 드문 관대한 제안을 거절하고, 자존
심을 깔아뭉갰다. 앞서 자신의 계획을 망쳤던 것 보다 그
녀에겐 훨씬 잔혹하게 느껴졌으리라.

그래서 무당산을 떠난 후 주약린의 광태는 놀랄 만했
다.

황실과 전장에서 무수히 참혹한 광경을 지켜봐 왔던
상곤과 황노식조차 질색할 만큼 지독했다. 몇 번이나 그
녀의 곁을 떠나는 걸 고심했을 정도였다.

당연히 상곤으로선 적천경과의 갑작스러운 재회가 당
혹스러웠다. 그를 다시 만났을 때 주약린이 어떤 식으로
감정을 폭발시킬지 짐작조차 할 수 없었기 때문이다.

그때 적천경이 담담하게 말했다.

"상 공공, 루외루 쪽으로 현재 정천맹의 정예 무사들이 몰려오고 있소."

"그따위 잡졸들 따위를 내가 두려워할 것 같은가?"

"군병들도 곧 도착할 것이오. 설마 항주 쪽의 관과 무림 양쪽을 적으로 두고 싶은 건 아닐 것 같소만?"

"……"

상곤이 적천경을 착찹한 표정으로 노려보고 등덜미를 거머쥐고 있던 숙수의 손목을 수도(手刀)로 내려쳤다. 그의 손목을 가지고 주약린에게 돌아가 루외루를 탈출할 작정을 한 것이다.

팟!

그러나 그 순간 그의 곁에 도달한 적천경.

그의 손이 가볍게 회전을 보이며 상곤에게서 숙수를 간단히 떼어 냈다. 일종의 위위구조(圍魏救趙)의 수법인데, 홀로 상곤 같은 절정 고수에게 달려들어 성공시켰다는 게 놀라웠다.

사실은 거의 불가능한 일이라 해도 과언이 아닐 터였다. 적어도 전날 만났던 적천경의 무공을 알고 있던 상곤의 생각에는 그러했다.

'어, 어떻게…….'

당황한 표정이 된 상곤을 향해 적천경이 말했다.

"상 공공, 이쯤에서 그만두고 물러서시오!"

"끝내 약린 아가씨에게 대적하겠는 것인가?"

"주인을 위하는 방법은 여러 가지가 있는 법이오? 그렇게 생각하지 않소?"

"……."

상곤이 적천경을 한차례 노려보고 이 층으로 향하는 계단을 향해 신형을 날렸다.

주방에서 나타날 때와 전혀 다르달까?

표홀함이 귀영(鬼影)을 보는 듯하다.

'노영웅이 안타깝게 되었군.'

적천경이 상곤 쪽을 한차례 바라보고 혼이 절반쯤 빠져 있는 숙수의 등을 손바닥으로 꾹 눌러줬다.

"헉!"

숙수의 입에서 탁한 호흡이 터져 나왔다. 막혀 있던 혈이 뚫렸다. 거무죽죽해져 있던 안색 역시 혈색을 되찾았다.

"괜찮습니까?"

"으어어……."

"갑자기 말하려하지 말고 침을 한차례 꿀꺽 삼켜 보십시오!"

"……꿀꺽!"

숙수가 침 한 모금을 삼키고 안색이 밝아졌다. 점차 숨통이 트이면서 굳어 있던 혀 역시 자연스럽게 풀렸다.

"가, 감사합니다! 정말 감사합니다!"

적천경이 미미하게 고개를 끄덕여 보였다.

"다행히 큰 부상은 당하지 않으셨습니다. 그런데 혹시 이곳의 숙수가 되시는지요?"

"아, 예. 제가 이곳 루외루의 주방을 맡고 있는 문정이라 합니다."

"문 숙수님이시군요. 제가 한 가지 어려운 청이 있는데 들어주실 수 있겠습니까?"

"어찌 이러시는 겁니까? 당연히 생명의 은인께서 하는 청이라면 받들어야죠!"

"감사합니다."

적천경이 살짝 고개를 숙여 보이자 문정이 당황한 듯 그보다 더욱 깊게 허리를 접었다. 자신의 생명을 구해 준 은인의 겸손한 모습에 얼굴에는 크게 감명 받은 기색이 완연하다.

그때 바닥에 쓰러져 있는 유청려에게 다가가 그녀의 상태를 살피던 여검객이 적천경에게 소리쳤다.

"거기 있는 당신!"

"날 말하는 것이오?"

"예! 혹시 의술에 대한 지식이 있나요?"

"……."

적천경이 대답을 하는 대신 유청려 쪽으로 걸어가 대뜸 그녀의 눈동자를 까뒤집었다.

"눈에 초점이 없군."

파팟!

그리고 식지를 튕겨서 심장 부근의 사개혈을 두드리자 곧 유청려의 입이 크게 벌어졌다.

"하악!"

적천경이 그 짧은 틈을 놓치지 않았다.

팟!

이번에는 수장을 활짝 펼쳐서 단전 부근을 누른다. 진작부터 집중하고 있던 내기를 손바닥을 통해 유청려에게 몰아넣어 준 것이다.

"하아악!"

유청려의 입이 더욱 크게 벌어졌다. 거의 교성에 가까운 신음이 터져 나왔다. 눈 역시 거의 동자 자체가 뒤로 돌아갔다. 몸을 바들바들 떠는 게 거의 발작을 일으키는 것 같다.

털썩!

그후 적천경이 손을 떼어내자 유청려가 완전히 탈진하

여 바닥에 뻗어 버렸다.

여검객이 조심스럽게 물었다.

"그녀는 괜찮은 건가요?"

"위기는 넘긴 것 같소."

"다행이로군요."

여검객이 미미하게 고개를 끄덕여 보이고 적천경에게 검례를 취해 보였다.

"저는 검각의 제자인 남명주라고 해요. 소협의 도움에 감사드립니다."

'검각? 어쩐지 검법이 정기(正奇)롭다고 생각했더니, 근래 명성이 높은 검봉황(劍鳳凰)이었군.'

— 검각!

구대문파, 오대세가, 삼대병기보와 달리 비인부전(非人不傳)을 내세운 여인들만으로 이뤄진 남해(南海)의 정통검문이다. 대대로 걸출한 검후(劍后)를 배출했는데, 당대에는 검봉황 남명주가 가장 강력한 후보자였다. 무림에 출도하자마자 빼어난 검법으로 단숨에 사봉의 일좌를 차지했기 때문이다.

다만 남명주는 무림 출도 후 항상 얼굴을 방립으로 가

리고 다녀서 진면목을 확인한 자가 없었다. 다른 사봉들처럼 미모로 회자되지 않은 이유였다.

그 점이 검각 출신이란 것과 함께 적천경의 뇌리에 남명주란 이름을 각인시켰다. 사부에게 검각의 검법이 빼어나단 말을 들은 기억과 함께 천하제일영웅대회에서 신경 쓸 후기지수란 생각을 한 일이 있어서였다.

적천경이 내심 고개를 끄덕이고 말했다.

"본인은 호검관의 적천경이라 하오. 여기 화산파의 소저와는 구면이신 것 같은데……."

"알지 못하는 사이예요. 하지만 사해는 본래 동도라 했으니, 이 소매는 제가 챙기도록 하지요."

"……그렇게 하시오."

"……"

적천경이 한차례 고개를 끄덕여 보이고 다시 숙수 문정을 향해 걸어가자 남명주의 눈에 이채가 어렸다.

여전히 의식이 없는 유청려는 사봉 중에서도 미인으로 손꼽힌다. 그래서 옥봉황이란 미명까지 지녔는데, 그런 그녀를 대하는 적천경의 태도는 담담한 물과 같았다. 검각이 있는 남해를 떠나 무림을 주유하는 동안 이런 사내를 본 적이 없기에 꽤나 신선하단 생각까지 들었다.

'게다가 꽤 잘 생겼잖아?'

이런 생각, 처음이다.

적천경이란 사람에게 관심이 갔다.

그러나 곧 그녀는 유청려를 조심스레 들어 올렸다. 일단 그녀를 의원에게 데려가 치료해야겠다고 생각한 것이다.

그때 루외루 밖에서 대여섯 명의 무림인들이 뛰어들어왔다. 처음에 상곤에게 제압당했던 자들과 비슷한 복장을 한 걸 보니, 정천맹 소속 무인들인 듯싶다.

그중 화산파 출신인 무인이 남명주의 품에 안겨 있는 유청려를 보고 놀라서 달려왔다.

"유 사저에게 무슨 짓을 하려는 것이오!"

'유 사저?'

남명주가 눈이 이채를 담고 화산파 무인에게 말했다.

"저는 검각의 남명주라해요. 혹시 화산파 출신이신가요?"

"검봉황?"

"검각의 당대 검후 후보자!"

주변의 다른 무인들이 놀라서 소리치는 사이 화산파 무인이 얼른 그녀에게 다가가 포권하고 말했다.

"본인은 화산파의 호청이라 합니다. 혹시 남 여협께서 유 사저를 구해 주신 건지요?"

"함께 강적과 싸우긴 했으나 그녀를 구해 준 건 제가 아니라…….."

남명주가 적천경을 찾기 위해 주변을 둘러보다 말끝을 흐렸다. 어느새 그가 자신이 구한 숙수 남명과 함께 종적을 감춰버렸기 때문이다.

"남 여협께서는 겸양치 말아주십시오! 검각의 검봉황의 협명과 검학일절은 익히 화산파와 정천맹에까지 소문이 자자하니까요!"

"……그런가요?"

"예!"

호청이 시원스러운 대답과 함께 동료 무인들에게 루외루 내부를 살피게 명령했다. 이미 이곳에 들어오기 전에 대충 내부에서 벌어진 상황을 인지한 듯한 거침없는 행동이다.

그러나 이미 늦었달까?

그 사이 적천경과 숙수 문정은 물론이거니와 최상층을 통째로 빌렸던 주약린 일행은 거짓말처럼 종적을 감춰버렸다. 루외루에는 꽤나 많은 창문이 있었고, 사람이 빠져나가기에 충분할 만큼 컸다.

*   *   *

루외루를 벗어난 적천경은 몇 개의 골목을 빠르게 돌아서 산중루로 돌아왔다.

그의 곁에는 숙수 문정이 함께하고 있었다.

출장 요리!

그게 적천경이 루외루를 찾은 진짜 이유였다. 처제 소하연이 식사를 많이 못하는 걸 보고, 나현의 말이 떠올라 루외루를 찾았던 것이다.

근래 조금 활기를 찾은 처제 소하연.

하나 오랜 여행으로 기력이 많이 쇠진해졌다.

회광반조 효과조차 얼마 남지 않은 모습인지라 마음이 크게 다급해졌다. 어떻게든 그녀가 식사를 할 수 있게 하고 싶었다. 천하제일의 진미를 맛보게 해 줄 작정이었다.

그러다 우연찮게 상곤과 맞닥뜨렸고, 근래 무림에서 가장 유명한 후기지수인 사봉 중 두 명을 구하게 되었다. 인연이란 참 질기고 기묘하게 이어지곤 한다.

어쨌든 적천경은 숙수 문정과 함께 산중루에 도착한 후 곧바로 그곳의 주방으로 향했다. 점소이에게 은자 한 덩이를 쥐어준 덕분에 출장 요리를 할 수 있는 장소와 재료를 제공받을 수 있었다.

그러니 이젠 기다리는 일만 남았다.

'문 숙수가 만든 음식을 처제가 좋아해야 할 텐데…….'

주방 부근을 서성이며 생각에 잠겨 있던 적천경의 안색이 가볍게 굳었다.

잠시뿐이다.

곧 그가 평소와 다름없이 담담한 표정을 한 채 자신을 향해 다가오는 나현을 향해 말했다.

"나 대형, 어찌 나오셨습니까?"

"슬슬 출출해져서 말야."

'그렇게 많은 요리를 먹고 벌써 배가 고파졌다는 건가?'

적천경이 조금 어이없는 표정으로 나현을 바라봤다. 그의 위장이 참으로 광대하단 생각이 들었기 때문이다.

나현은 태연했다.

전혀 굴하는 기미가 보이지 않았다.

"뭐, 역시 내 세련된 위장을 진짜 만족시키려면 루외루 정도의 요리가 필요하단 것일 테지."

"그럼 지금 루외루에 가시겠다는 겁니까?"

"어."

"……."

적천경이 잠시 고민하다 빙긋 웃으며 말했다.

"그럼 잘 다녀오십시오."

"좀 늦을 수도 있으니까 기다릴 필요는 없어."

"예."

적천경이 진심을 담아 대답했다. 나현을 만난 후 이렇게 진심이었던 적은 없었던 것 같다.

잠시 후.

적천경은 숙수 문정이 정성을 가득 담아 만든 산랄황과(酸辣黃瓜), 어향육사(魚香肉絲), 회과육(回鍋肉), 청초하인(淸炒蝦仁)등의 요리를 받아 들었다.

과연 다르다고 해야 하려나?

식사 전에 입맛을 돋궈주는 역할을 하는 량채(凉菜)의 한 종류인 산랄황과의 냄새만으로도 적천경은 식욕이 다시 생기는 느낌이 들었다. 얼마 전 산중루에서 나온 요리에 가차 없이 비난을 가했던 나현을 이젠 어느 정도 이해할 것 같았다. 그 정도로 두 음식점의 차이는 명확했다.

숙수 문정이 말했다.

"은공, 이곳의 주방에 있는 식재료가 부족하여 이 정도밖엔 못 만들었습니다. 내일 다시 식재료를 준비해 와서 조금 더 제대로 된 요리를 만들어 드리겠습니다."

"이 정도 요리만으로도 충분히 훌륭합니다. 제 처제가

식사를 할 수 있게 되면 문 숙수님께 크게 후사하겠습니다."

"후사라니요! 그런 건 신경 쓰지 마십시오! 은공 덕분에 목숨을 구했으니, 향후 제 모든 정성을 다해서 은공에게 요리를 해드리도록 하겠습니다!"

"감사합니다."

적천경이 숙수 문정에게 고개를 숙여 보이고 요리를 들고 처제 소하연의 처소 쪽으로 걸음을 옮겼다. 그녀가 이번에도 음식을 제대로 먹지 못할까 봐 마음이 조금 조마조마했다. 이 정도로 훌륭한 요리조차 입에 대지 않는다면 자신이 할 수 있는 일은 거의 없다는 생각이 들었기 때문이다.

그렇게 평소답지 않은 고민 속에 적천경이 산중루에서도 가장 조용한 별채 앞에 도달했을 때였다.

탁!

산중명월(山中明月)이란 이름이 붙은 예쁜 별채의 문이 열리며 황조경이 나왔다. 줄곧 처제 소하연의 곁을 지키고 있다가 인기척을 느끼고 밖으로 나온 것이리라.

"황 소저!"

"그건······."

황조경이 적천경의 손에 들려 있는 커다란 반합과 그

속에서 나는 음식의 향기에 뭐라 하려다 입을 다물었다.
명민한 그녀답게 단숨에 적천경의 의도를 눈치챘다.

적천경이 말했다.

"처제는 괜찮습니까?"

"……방금 잠이 들었어요."

"그렇군요."

적천경의 얼굴에 깃든 아쉬움을 간파한 황조경이 고개
를 살짝 옆으로 돌리며 말했다.

"나도 맛있는 거 좋아하는데……."

"아!"

적천경이 나직한 탄성과 함께 미안한 표정이 되었다.
황조경을 앞에 두고 자신이 너무 처제 소하연만 챙겼다
는 생각이 들었던 것이다.

"루외루를 다녀왔습니다."

"루외루를요?"

"예, 그곳에 가서 숙수 한 분을 모셔다가 이곳 주방에
서 요리 몇 가지를 만들어왔습니다. 황 소저께서 한번 맛
좀 보시겠습니까?"

"절 위해 만들어 온 게 아닌 것 같은데……."

살짝 빼는 듯 말을 끌어 보인 황조경이 하얀 치열을 드
러내며 웃어 보였다.

"……뭐, 좋아요. 하지만 혼자서 먹지는 않겠어요!"

"그럼 구손 형님이라도 불러올까요?"

"아! 정말!"

황조경이 목소리를 높이자 적천경이 빙긋 웃어 보였다. 그가 아무리 목석같은 사내라도 어찌 황조경의 말뜻을 모르겠는가. 그냥 농을 걸어본 것뿐이다.

황조경이 적천경의 장난기 어린 미소에 곧 그의 의중을 눈치챘다.

"적 관주도 사람이 못됐군요. 그 요리 이리 내세요! 내처소에 가져가서 몽땅 먹어버릴 테니까요!"

"그러기엔 양이 너무 많습니다."

"남은 건 버리죠!"

"그럴 만한 요리가 아닙니다."

"그럼……."

"소생이 황 소저와 함께 식사할 수 있게 허락해 주십시오."

적천경의 장난기를 거둬낸 정중한 부탁에 황조경이 살짝 얼굴을 붉혔다. 갑자기 이렇게 나오자 부끄러운 생각이 들었다. 마치 적천경이 자신에게 청혼이라도 하는 것같이 느껴졌기 때문이다.

'……에휴! 이런 거에 헤벌레 하다니, 나도 참 대책 없

는 년이로구나!'

내심 한숨을 내쉰 황조경이 짐짓 입술을 삐죽이며 말했다.

"적 관주가 그렇게까지 말씀하시니 따르도록 하죠. 어차피 이 요리를 가져온 건 적 관주니까요."

"감사합니다."

적천경이 고개를 살짝 숙여 보이자 황조경이 얼른 신형을 돌려 세웠다. 얼굴이 더욱 빨갛게 달아오르는 걸 들키고 싶지 않았다. 어차피 이미 들킨 지 오래일 테지만.

과연 그랬다.

'황 소저가 부끄러워하는 모습을 보니, 평소보다 훨씬 아름답구나! 그리고 보면 오늘 나는 무림 사봉 중 세 명의 봉황을 만나게 된 셈인가?'

그렇다.

당금 강호의 여자 후기지수 중 정점이라 불리는 사봉에 황조경도 포함되어 있었다. 상계의 붉은 길을 걸어가는 붉은 봉황새, 적봉황이 바로 그녀였기 때문이다.

그런 생각과 함께 적천경과 여전히 얼굴에 은은한 붉은 기를 띤 황조경이 요리를 들고 식당으로 향할 때였다.

언제부터였을까?

빼꼼!

식당으로 향하는 작은 회랑의 기둥 저편으로 구손이 고개를 살짝 내민 모습이 보였다.

평상시와 달리 무척 불쌍해 보이는 표정!

황조경이 얼핏 그의 그런 모습을 발견하고 내심 한숨을 내쉬었다. 정말 자신은 복도 없는 년이란 생각이 들었다. 이렇게까지 적천경과 함께 하기가 어려우니 말이다.

"구손도장, 식사 함께 하실래요?"

"그, 그래도 되겠습니까?"

"싫으면 말든가요!"

"무량수불!"

언제 불쌍한 표정을 지었냐는 듯 구손이 눈을 본 강아지처럼 졸래졸래 뛰어왔다. 코를 벌름거리고 있는 게 꽤나 먼 곳에서도 요리의 냄새를 감지했었음을 알겠다.

8장

취룡(醉龍) 진남천

어느새 저녁 식사시간.

처제 소하연을 위해 루외루에서 초빙해 온 숙수 문정의 요리로 적천경, 구손, 황조경 세 사람은 즐겁게 식사했다. 늦은 점심때도 양껏 먹었는데, 이번에는 아예 뒤를 생각하지 않고 요리를 남김없이 끝내 버렸다.

식사가 거의 끝나 갈 무렵이었다.

그제야 평생 처음으로 맛 본 진미에 날아갔던 이성이 조금 돌아왔는지 구손이 자책 어린 표정으로 말했다.

"어쩌다 보니, 나현 형님의 몫을 남기지 못했습니다. 분명 돌아와서 이 사실을 알면 서운해 하실 터인데……."

"나 대협은 직접 루외루 쪽으로 가셨으니, 그곳에서 저녁을 해결하고 오시지 않겠어요?"

황조경이 뭘 걱정하냐는 듯한 대답에 구손의 얼굴이 밝아졌다.

"그랬었군요!"

"예, 그러니 구손도장은 너무 나 대협을 신경 쓰지 마세요. 우리 중에 그나마 항주에 대해 잘 아는 사람이 그분이니까요. 그보다는……."

황조경이 잠시 말을 끊고 주변을 둘러보다 적천경을 바라봤다.

"……적 관주, 장 대주는 어디 갔지요?"

"글쎄요."

"예?"

황조경이 황당하다는 듯 적천경을 바라봤다. 그의 시큰둥한 대답이 의외였기 때문이다.

적천경이 보강 설명이 필요하다는 생각에 첨언했다.

"호웅이는 산중루 인근을 순찰하겠다고 모습을 감춘 지 제법 되었습니다. 아마 주변에 몸을 은신한 채 시간을 보내고 있을 거라고 생각합니다."

"어째서 그런 짓을 하는 거죠?"

"그게 편하답니다."

"편해요? 그게?"

연달아 질문하는 황조경에게 적천경이 어깨를 가볍게 추어 보였다.

"아마 그런 걸 수련의 일종이라 생각하는 듯합니다. 여태까지 그런 인생을 살아왔고, 그렇게 사는 것 외의 방법을 배우지 못한 것일 테지요."

"……."

적천경의 뒷말에 담긴 묘한 여운에 황조경의 눈에 이채가 어렸다.

적천경과 장호웅!

만난 지 얼마 되지 않아 어울리지 않는 사제지간이 된 두 사람에겐 묘한 동질성이 존재했다. 서로 간에 많은 대화가 없는 상태에서도 특별히 어긋남이 보이지 않았다. 그냥 상대방의 심중을 아는 것 같았다.

그게 신기해서 황조경은 항주로 향하는 동안 장호웅에게 몇 번이나 질문을 던졌다. 어떻게 적천경과 사제지간이 되었고, 무슨 생각으로 그런 제의를 받아들인 것인지에 대해서 말이다.

하지만 돌아온 건 묘한 쓴웃음 뿐.

장호웅은 침묵으로 황조경의 대답에 대응했고, 적천경

역시 자신이 새롭게 맞아들인 제자에 대해 특별한 언급이 없었다. 그냥 아주 오래전부터 함께해 왔던 사이처럼 자연스럽게 제자로 받아들이고, 대할 뿐이었다.

'어쩌면 그런 게 남자들의 세상이란 걸까? 아니면 내가 모르는 공감대가 두 사람에겐 있는 걸까?'

이상한 감정이다.

묘한 감상이 들었다.

적천경과 장호웅 사이에 알 수 없는 친밀함이 존재하는 것이 신경 쓰였다. 어쩌면 일종의 질투일지도 모른다. 이 비슷한 감정을 과거 적천경의 아내였던 소연정에게 느꼈고, 지금은 처제 소하연으로 대체되었기에.

'아! 싫다! 정말!'

진짜다.

정말로 이런 자신이 싫다.

그래서 황조경은 내심 고개를 잘래잘래 흔들고, 자리에서 일어섰다.

"산책 갑시다! 산책!"

"산책?"

의아한 표정으로 바라보는 적천경에게 황조경이 짐짓 활기차게 말했다.

"나 대협이 항주에 오면 반드시 서호에 가야한다고 했

어요! 그리고 서호십경을 봐야하는데, 저는 그 전에 꽃배에 타고 앉아서 달구경을 먼저 하고 싶어졌네요. 적 관주, 저와 함께 하지 않겠어요?"

"처제를 혼자 놔두긴 조금……."

"무량수불!"

갑자기 도호를 외친 구손이 적천경에게 한차례 근엄한 눈짓을 해 보이고 황조경에게 말했다.

"소하연 도우의 곁에는 빈도가 남아 있겠습니다. 그리고 아마도 장호웅 도우도 부근에 계신 터이니 황 도우는 적 현제와 함께 천천히 산책을 하고 오십시오."

"……구손 형님!"

"우형의 말을 듣지 않을 셈인가?"

구손이 은근히 압박을 가하자 적천경이 입을 다물었다. 그가 이렇게 강압적으로 무언가를 강요하는 건 자주 있는 일이 아니었다. 갑자기 뭔가 다른 이유가 있을지도 모른다는 생각이 들었다.

"황 소저, 갑시다!"

"예?"

"서호로 가서 꽃배를 탑시다! 달구경도 하고요!"

'구손도장, 좋은 사람이잖아!'

황조경이 내심 구손에게 고마움을 느끼며 적천경을 향

해 거만한 표정으로 살짝 턱을 치켜 올려 보였다.

"그럼 적 관주에게 맡기도록 하죠!"

"노력해 보겠습니다."

"노력만 가지곤 안돼요!"

"……."

"뭐, 그렇게 걱정스러운 표정을 할 것까진 없어요. 크게 기대하진 않으니까요."

사람의 심기를 건드리는 말이다.

특히 상계에서는 상급자가 아랫사람에게 휘두르는 전가의 보도 같은 말이기도 했다. 상대방의 자존심을 자극해서 분발케 하는데 효험이 있었기 때문이다.

물론 적천경은 황조경의 아랫사람이 아니다.

쉽사리 자존심에 자극을 받는 성품 역시 아니었다.

씨익!

그가 입가에 뭔가 비열한 미소를 떠올리며 황조경에게 말했다.

"황 소저, 가시지요."

"예."

두 사람이 어깨를 나란히 한 채 산중루를 떠나갔다.

이제부터 시작될 서호로의 산책!

참 기대가 많이 된다.

적어도 두 사람을 떠나보내는 구손에겐 그러했다.

'무량수불! 빈도 부디 두 사람이 무탈하게 산책을 끝마치시길 기원하겠습니다!'

내심 도호와 함께 자신만 아는 속내를 얘기한 구손이 남은 음식 몇 가지를 싸가지고, 소하연이 잠든 산중명월로 걸어갔다. 슬슬 그녀가 잠에서 깰 때가 되었다고 생각한 것이다.

                    *   *   *

항주 십자로.

어느새 주변은 어둠이 깃들어가고 있었다.

해가 항주 인근을 병풍처럼 감싸고 있는 천목산(天目山) 너머로 사라졌다. 어둠의 장막이 번화한 거리 전체 위로 스며들 듯 떨어져 내리고 있었다.

그와 함께 모습을 드러낸 항주 시내의 또 다른 일면!

십자로 곳곳에서 점차 각양각색의 등불이 밝혀지며, 화려한 강남의 색채를 자랑하기 시작했다. 형형색색의 불빛들이 십자로의 골목 구석구석까지를 밝히며 불야성(不夜城)을 대비한 바쁜 움직임들이 이곳저곳 나타나고 있었다.

그중 가장 화려함을 자랑하는 건 홍등가(紅燈街)였다.

십자로의 한 골목!

끝이 보이지 않을 정도로 늘어서 있는 붉은 등불의 향연!

그야말로 장관이었다.

어둠이 깃든 십자로의 일부분에 흡사 붉은 띠가 둥실거리며 떠오른 것이나 다름없었다.

물론 그런 것 정도로 장관이란 표현을 쓰진 않는다.

홍등가의 앞에 의자가 늘어섰다.

그 위에 분내 향긋한 여인네들이 나와 섰다.

한쪽 치마단이 길게 트여서 뽀얀 다리살을 드러낸 여인들이 화사한 화장을 하고 의자에 앉았다. 한쪽 다리를 꼬고 앉아서 부채로 얼굴을 가린 모습이 묘하게 선정적이다. 사내들의 시선을 끌어당기고, 후끈 얼굴을 달아오르게 한다.

당연히 호객 역시 뒤따른다.

부채로 얼굴을 가린 기녀들을 대신해 살짝 나이든 여인이나 능글맞게 생긴 소년들이 이리저리 뛰어다녔다. 불야성을 즐기기 위해 몰려나온 사내들에게 능숙하게 파고들어 항주를 대표하는 미녀인 서시의 재림을 속삭여댔다.

그렇게 그들은 사내들을 홍등가 쪽으로 인도해 의자에 앉아 있는 기녀 쪽으로 데려갔다. 그렇게만 하면 사내들의 전낭 속에 하얀 은자를 털어 내는 건 이미 여반장(如反掌)이나 다름없는 일이 되었다고 할 수 있을 터였다.

물론 홍등가에도 여러 종류가 있다.

나름대로 예의와 품격을 지키고 있는 의자에 앉아 있는 기녀들과 달리 조금 더 들어간 골목의 분위기는 꽤나 달랐다.

홍등가의 초입부터 시작된 강력한 호객!

웬만한 사내라면 감히 시도조차 할 수 없을 강력한 유혹을 뚫고 음습한 안쪽 골목까지 들어선 사내들이 있었다. 그들에겐 어느새 몇 명이나 되는 기녀들이 달라붙었는데, 하나같이 얼굴이 과하게 하얗다. 분으로 떡칠을 했다는 표현은 이 같을 때 쓰는 게 옳을 터였다.

퇴기들!

홍등가의 화려한 불빛 앞에 자신을 들어낼 수 없는 나이든 기녀들이다. 그녀들이 조금 싼 값으로 놀기 위해 꽃같이 어여쁘고 나이 어린 기녀들의 유혹을 뿌리치고 온 사내들을 유혹하려 노력하고 있었다.

"호호, 멋진 오라버니, 놀다 가세요!"

"어머, 이 팔의 근육 좀 봐! 협객 오빠! 어서 와서 그

강인한 팔로 소녀의 허리를 확 끌어안아 주세요!"

"잘생긴 공자님! 쉬었다 가요! 내가 아주 잘해 드릴게
요!"

기녀들은 사내들에게 온몸을 부벼가며 교성에 가까운
콧소리를 내고 있었다. 홍등의 붉은 불빛과 휘영청 떠오
른 달빛, 잔뜩 칠한 분내로 사내들을 흥분시키기 위해 전
력을 다했다. 그렇게 오늘의 호구를 반드시 붙잡고야 말
작정을 하고 있었다.

그러나 사내들도 쉽지는 않다.

이런 홍등가의 가장 깊숙한 곳까지 들어선 자들은 아
예 선수이거나 아무것도 모르는 순진한 치들이 대부분이
었다. 그리고 아무래도 후자보다는 전자 쪽의 경우가 많
았다. 현재 세 명이나 되는 기녀를 품에 안고 마음껏 희
롱하면서 흥정하고 있는 이십 대 중반의 청삼 무인과 같
이 말이다.

"흐음, 초영이라고 했던가?"

"예, 소녀가 초영입니다."

"그런데 네년은 앵앵보다 너무 몸이 부실하지 않느냐?
그래가지고서야 이 몸을 감당할 수 있겠느냐?"

"앵앵이 년보다 제 몸의 어디가 부실하다는 건가요?"

"당연히 여기지!"

청삼 무인이 초영의 가슴을 손으로 살짝 거머쥐자 그녀가 살짝 눈을 흘겨 보았다. 은근슬쩍 앵앵과 자신의 가슴을 모두 만지며 희롱하는 모양새가 선수란 생각이 들었기 때문이다.

그러자 청삼 무인에게 다른 여인이 달라붙었다.

삼십 대를 훌쩍 뛰어넘은 나이.

족히 사십 대는 되어 보이니, 퇴기 중 퇴기라 할 수 있을 터이나 가슴만은 풍만했다. 다른 주변의 기녀들과 비교해 보면 두 배쯤은 더 커 보였다.

물론 단지 그뿐이다.

얼굴은 그럭저럭 봐 줄만 하나 입에서 묘한 썩는 냄새가 났다. 아마 오랜 기녀 생활로 몸에 창병이 생긴 것인지도 모르겠다.

그런데도 청삼 무인은 가슴 큰 기녀를 마다치 않았다.

오히려 손을 뻗어서 그녀의 가슴을 주물럭거리곤 흐뭇한 듯 입가에 미소까지 지어 보였다.

"고년, 가슴 한번 풍만하니, 좋구나! 하지만 엉덩이가 좀 빈약해!"

"제 엉덩이가 뭐가 빈약하다고…… 어맛!"

가슴 큰 기녀가 입술을 삐죽거리다 놀라 소리 질렀다. 청삼 무인이 엉덩이를 손바닥으로 때렸기 때문이다.

뿐만 아니다.

청삼 무인은 초영과 앵앵의 엉덩이도 빼놓지 않고 손바닥으로 때렸다. 소리들이 아주 경쾌하다. 마치 연주를 하는 것 같다.

"아앙!"

"으아앙!"

"하악!"

기녀들이 연달아 비음을 터뜨렸다.

반응이 여태까지완 다르다.

손님을 맞기 위한 가식적인 행동이나 신음이 아니라 진짜 얼굴들이 달라 올라있다. 청삼 무인이 한 손으로 엉덩이를 두드리는 한편 다른 손으로 그녀들의 몸 여기저기를 더듬는 동안 벌어진 일이다.

그러자 청삼 무인이 진지해진 표정으로 말했다.

"이리 되었으니 어쩔 수 없군. 오늘 나 진남천이 너희들 모두의 머리를 올려주도록 하마!"

"하아! 하아!"

"우, 우리 모두를 한꺼번에?"

"정말 그러실 작정이에요? 우리 모두를 한꺼번에?"

자신을 진남천이라 밝힌 청삼 무인이 어깨를 가볍게 추어 보였다.

"왜? 내가 너희들 모두를 만족시킬 수 없다고 생각하는 것이냐? 그렇다면 염려할 게 없다! 내가 여태까지 고심참담하여 무공을 익혀온 목적이 여기에 있으니까 말이다!"

"……."

"……."

"……."

기녀들이 달뜬 표정이 된 상태에서도 진남천을 황당하다는 듯 바라봤다.

고심참담해 무공을 익혔다 한다.

그 이유가 여인들을 만족시키기 위함이라 한다.

현 정파천하에서 간간히 보이곤 하는 흑도나 마도의 인물들이라 해도 이리 적나라하게 말하진 않을 터였다. 차마 부끄러워서 취중에서라도 쉽사리 하지 못할 말이었다.

그런데 진남천이라니?

설마 현 무림의 삼룡 중 하나인 취룡(醉龍) 진남천을 말함일까?

기녀들 중 나름 무림에 밝은 앵앵이 잠시 진남천을 놀란 표정으로 바라보곤 곧 고개를 저어 보였다.

─ 취룡 진남천!

구대문파 중 섬서성의 명문인 종남파(終南派)의 속가 제자로서 근래 명성이 자자한 삼룡사봉 중 한 명이다. 즉, 이번 정천맹에서 열리는 천하제일영웅대회의 강력한 우승 후보라 할 수 있을 터였다.

하나 비록 속가라곤 하나 진남천은 명색이 종남파의 제자였다. 천하제일영웅대회에 참가해서 홍등가의 뒷골목을 전전할 까닭이 없을 터였다.

'동명이인(同名異人)일 테지. 아니면 취룡을 사칭해서 화대를 깎으려는 수작이거나. 흥!'

내심 코웃음을 친 앵앵이 진남천의 품에 앵기며 조심스럽게 말했다.

"참, 상공의 이름이 영웅스럽네요! 분명 밤일도 잘하실 거 같아요. 그런데 세 명을 한꺼번에 상대하시려면 세 배의 금액을 지불하셔야 하는데, 괜찮으시겠어요?"

"그런 건 내가 걱정할 일이 아니지."

"예?"

"곧 화대를 대신 내줄 사람들이 올 거거든."

"……."

앵앵의 표정이 살짝 변했다.

그동안 두 사람의 대화에 유심히 귀를 기울이고 있던 초영의 표정 역시 비슷하다. 진남천이 하는 말은 전형적인 술값이나 화대를 떼어먹는 시정잡배들의 수작과 닮아 있었다. 취룡을 사칭한 이름과 함께 그에 대한 믿음이 싹 사라지는 걸 느낄 수밖에 없었다.

한데 그때였다.

슥! 스슥!

불야성의 중심부인 홍등가의 저편으로부터 두 명의 청년 무인이 경쾌한 신법을 펼치며 다가들었다. 주변에서 달라붙어 오는 호객꾼과 기녀들을 피하기 위해 본신의 무공을 드러냈음이 분명하다.

진남천이 세 명의 기녀를 모두 끌어안은 채 눈을 살짝 가늘게 떴다.

"오는군."

'와?'

'누가 온다는 거지?'

'저 소협들을 말하는 건가?'

세 기녀가 진남천의 중얼거림에 놀라서 홍등가를 뚫고 모습을 드러낸 두 명의 청년 무인을 바라봤다. 그리고 하나같이 눈이 게슴츠레하게 변했다. 젊은 것 빼고는 그다지 내세울 게 없어 보이는 평범한 용모의 진남천과 두 명의 청년 무인이 달랐기 때문이다.

잘났다고 해야 하려나?

누가 더 낫고, 모자라다고 할 수 없을 만큼 모습을 드러낸 두 명의 청년 무인은 빼어나 보였다. 이런 홍등가의 뒷골목에서 볼 수 없는 명문세가의 기품이 엿보이는 모습들이었다.

그럴 수밖에 없다.

진남천과 세 기녀 앞에 모습을 드러낸 두 청년 무인의 정체는 다름 아닌, 남궁성과 언지경이었다. 가세가 기울었다곤 하나 과거 당당한 오대세가에 손꼽히던 명문세가의 자제들이니 홍등가 뒷골목과 어울릴 리 만무한 것이다.

그렇다면 그런 그들과 교유하는 진남천의 정체가 궁금해진다. 설마 그가 진짜 종남파 백 년간 최고의 기재라 불리는 취룡이 맞는 것일까?

기녀들이 의혹과 혼란에 빠져 있을 때였다.

슉! 스스슉!

남궁성과 언지경이 진남천을 발견하고 얼른 그에게 신형을 날려왔다. 주변이 꽤나 혼잡하고 좁았는데도 보신경을 펼침에 있어 전혀 흐트러짐이 보이지 않는다. 이미 무공이 일정 이상의 경지에 도달해 있다는 의미일 터.

언지경보다 한 발 먼저 진남천 앞에 도달한 남궁성이 안색을 굳힌 채 말했다.

"남천 형님, 어찌 이런 곳에서 시간을 보내고 계시는 겁니까?"

"왜 그러면 안 되는데?"

"루외루에서 난리가 났습니다!"

"루외루?"

"예, 그곳에 사봉 중 옥봉황과 검봉황이 나타났습니다!"

"정말?"

진남천이 갑자기 품에 안고 있던 세 기녀를 밀어내고 남궁성의 어깨를 한 손으로 꽉 쥐었다.

'윽!'

남궁성이 내심 비명을 터뜨렸다. 순간적으로 어깨를 진남천에게 잡힌 것도 놀라운데, 손에 담긴 힘이 장난이 아니었다. 어깨뼈가 탈구되는 것 같은 충격을 받았다.

잠시뿐이다.

곧 남궁성은 한줄기 내력을 일으켜 자신의 몸을 보호했다. 그리고 어깨를 가볍게 움츠렸다. 근육 자체를 기름 바른 것처럼 미끄럽게 만들어서 진남천의 손을 떨쳐 버리려 시도한 것이다.

그러나 무리였다.

흔들!

남궁성의 상반신이 가볍게 요동을 일으키다 도로 진남천의 수중에 갇혔다. 그의 손을 어깨에서 떨쳐 내긴커녕 오히려 상반신 전체의 요혈을 모조리 제압당하기 직전에 이르렀다.

'과연 취룡!'

남궁성이 내심 탄복을 터뜨리고 조심스레 말했다.

"남천 형님, 동생의 어깨가 빠질 것 같습니다."

"아! 미안!"

진남천이 건성으로 사과하면서도 남궁성의 어깨에서 손을 떼지 않았다. 자신이 원하는 정보를 얻기 전까진 결코 남궁성을 놔주지 않을 성싶다.

그러자 곁에 서 있던 언지경이 대신 말했다.

"남천 형님, 남궁 형이 한 말은 사실입니다. 루외루에 두 명의 봉황이 나타나서 난동을 부리던 악도를 합공해서 쫓아냈다고 합니다."

"난동을 부리던 악도를 합공해서 쫓아냈다고?"

"예."

진남천이 그제야 남궁성의 어깨를 놔주며 눈매를 다시 가늘게 만들어 보였다. 뭔가 생각에 잠긴 표정이다. 그러다 그가 고개를 천천히 가로저어 보였다.

"화산파의 귀염둥이 옥봉황은 몰라도 검봉황은 명성 높은 검각의 검후 후보자로 중원에서 비무행을 하고 있는 중이야. 그동안 비슷한 또래 중에선 단 한 명도 그녀를 이기지 못했다고 하던데, 귀염둥이 옥봉황과 합공을 했다니 믿기 어려운 일이로군."

'오, 옥봉황을 귀염둥이라 부르다니! 같은 동네에 있다고 너무 막나가는 거 아닌가? 하긴 종남파가 화산파에 맺힌 게 많긴 할 테지만⋯⋯.'

화산파와 종남파는 같은 섬서성에 위치해 있다.

함께 구대문파의 한 자리를 차지하고 있다곤 하나 두 문파를 동급으로 여기는 무림인은 거의 없었다. 구대문파의 필두 세 문파 중 하나인 화산파에 비해 종남파는 거의 말석이나 다름없었다.

비전 절기인 천하삼십육검(天下三十六劍)은 능히 천하무쌍을 다툴만한 검법이었으나 인재의 숫자가 너무 적었다. 웬만한 섬서성의 기재들은 죄다 화산파로 갔기에 종남파 무학의 극치를 이룬 자가 근래엔 거의 존재하지 않았다.

그러다 보니 문파의 성세 역시 점차 줄어들고 있었다.

구대문파의 말석!

그 위치조차 잃어버릴 가능성이 늘고 있었다. 정천맹에서의 위상과 함께 말이다.

그래서 당연하달까?

종남파 백 년 내 최고의 기재라 불리는 취룡 진남천에 대한 문파 내 기대는 대단했다. 도가문파에서는 쉽사리 볼 수 없는 엄청난 지원을 어렸을 때부터 속가제자인 그에게 쏟아 부었다. 어떻게든 천하무쌍인 천하삼십육검을 완성시키게 해서 과거 종남파가 누렸던 영광을 회복하고자 하는 염원이었다.

그러나 과한 기대가 독이 되었다.

종남파의 기대대로 쑥쑥 성장하고 있던 진남천은 삼 년 전 벌어진 사건 이래 술주정뱅이가 되었다. 삼룡 중 한 자리인 취룡이 되어 버리고 만 것이다.

내심 진남천에 대해 알고 있는 바를 떠올린 남궁성이 은은한 통증이 남은 어깨를 주무르며 말했다.

"그게 루외루에 나타난 악도의 무공이 굉장했다고 합니다. 당시 루외루에는 정천맹에서 파견된 무사들이 상당수 있었는데, 그들을 순식간에 제압했다고 하더군요."

"그래?"

"예, 본가에서 정천맹에 파견한 무사에게 들은 얘기니까 사실일 겁니다."

"흠."

진남천이 볼을 손가락으로 긁으며 뭔가 생각에 잠긴 표정을 짓더니, 남궁성에게 히죽 웃어 보였다.

"그럼 우리가 이런 곳에서 놀고 있어선 안 되겠군?"

"예?"

"뭘 그렇게 놀란 표정을 해 보여? 그런 얘기를 듣고 내게 쪼르르 달려온 건 두 봉황에게 접근해서 어찌해 볼 기회를 잡고 싶어서잖아?"

"어, 어찌 소제들이 감히…… 컥!"

당황한 표정으로 손사래를 치던 남궁성이 숨 막히는 소리를 냈다. 어느새 그의 하단전 부위를 진남천의 손이 콱 붙잡고 있었다. 마치 뭔가를 쥐어뜯듯이 말이다.

"뭐, 이만하면 실하네. 사내구실은 충분히 할 만한 물건이니까 미리 쫄지 말고 들이 대라구!"

"이, 이것 좀 놔주십시오!"

"그러지 뭐."

진남천이 아무렇지도 않다는 듯 남궁성의 하단전에서 손을 떼고, 킁킁대며 손 냄새를 맡았다.

'저런 짓을 하다니! 취룡이 아니라 광룡(狂龍)이잖아!'

곁에서 남궁성이 당하는 꼴을 지켜보던 언지경이 질렸다는 표정이 되었다. 그에게 가장 먼저 달려간 게 남궁성이었던 게 참 다행이란 생각이 들었다.

그러거나 말거나 손을 코에서 떼어 낸 진남천이 말했다.

"앞장서!"

"예?"

"두 어여쁜 봉황새를 만나러 가자구!"

"어, 어찌하시려고?"

"당연하잖아!"

버럭 소리를 지른 진남천이 진지하게 안색을 굳힌 채 말했다.

"너희들은 화산파의 귀염둥이 옥봉황한테 들이대고, 나는 검각을 나온 후 단 한 번도 패하지 않았다는 검봉황과 술 한잔을 나누는 거야. 뭐, 그러다가 정분을 나누면 좋고, 중원 검법과는 다르게 일가를 이뤘다고 알려진 검각의 검을 경험하면 더욱 좋고 말야."

"……."

"아, 뭐해! 앞장 안 설 거야?"

진남천의 재촉에 남궁성과 언지경이 허둥대며 대답했다.

"예!"

"예!"

그러자 뒤에서 가만히 진남천 등을 지켜보고 있던 세 기녀가 다급하게 소리 질렀다.

"그냥 가시는 거예요?"

"그냥 가시면 어떻게요!"

"내 몸을 마음대로 주물럭거려놓고 그냥 가면 예의가 아니잖아요!"

진남천이 그녀들을 뒤돌아보며 히죽 웃었다.

"그러게."

"그러게라니!"

발끈하는 기녀들에게 진남천이 전낭 하나를 집어던졌다. 꽤 묵직해 보인다.

철렁!

기녀들 중 가장 앞에 서 있던 앵앵이 엉겁결에 전낭을 받아 들자 진남천이 말했다.

"그걸로 일단 용서를 빌도록 하지. 그리고 나중에 우리 진짜로 한번 크게 즐겨 보자구!"

"이걸 다 주시겠다고요?"

"그냥 선금이라 생각해!"

'선금이라기에도 과하게 많은데…….'

앵앵이 내심 중얼거리면서도 방긋 웃어 보였다. 주는 돈을 사양할 만큼 어수룩한 그녀가 아니었다.

"……."

진남천이 그런 앵앵에게 다시 한차례 웃어 보이고 남궁성 등을 재촉해 홍등가의 뒷골목을 빠져나갔다. 들어올 때와 별반 다르지 않는 어슬렁거리는 걸음인데, 묘하게 빠르다. 앞서 남궁성과 언지경이 돋보이는 신법을 펼쳤을 때와 비교해도 속도면에서 결코 떨어지지 않는다.

아니다.

오히려 더 빨랐다.

기녀들의 눈을 놀란 토끼처럼 만들만큼 말이다.

*　　　　*　　　　*

산중루를 떠난 적천경과 황조경은 천천히 서호를 향해 발걸음을 옮기고 있었다.

묘한 적막이 흐른달까?

꽤나 오랫동안 관계를 맺어 온 사이였음에도 두 사람 간에는 한동안 침묵이 감돌았다. 두 사람 중 어느 누구도 먼저 입을 떼려하지 않았다.

먼저 조바심이 난 건 황조경이었다.

'아! 미치겠다! 어색하고 불편해서 숨을 쉴 수가 없잖아!'

강호에 나온 후 이런 적이 있었던가 싶다.

그만큼 지금 적천경과 둘 만이 함께하는 이 시간이 너무 힘들었다. 차라리 검을 빼 들고 강적들과 목숨을 걸고 싸우는 편이 편할 것 같았다.

하지만 달리 황조경이 상계의 철혈녀, 적봉황이라 불리는 게 아니다. 위기에 몰릴수록 더욱 강한 정신력을 드러내며 불리한 상황을 타개하곤 했다.

— **역전의 여제!**

그게 황금귀상련 내부에서 그녀와 함께 일을 한 번이라도 해본 자들의 평가다. 은밀히 떠도는 진정한 별칭이었다. 물론 그만큼 함께 일하는 게 어려웠다는 뜻이기도 하다.

"푸핫!"

갑자기 걸음을 멈추고 크게 숨을 내뱉은 황조경이 적천경에게 말했다.

"우리 잠시 멈추죠."

"서호가 얼마 안 남았습니다만?"

"서호가 중요한 게 아니잖아요!"

"……."

적천경이 단도직입적인 황조경의 말에 입을 닫았다. 그녀를 안 지 오래되었으나 이렇게 자신에게 대놓고 소리를 지른 모습을 본 적이 없었다.

그래서 이런 모습은 신선하다.

그녀의 숨겨져 있던 진면목의 단면을 본 것만 같다.

잠시의 침묵 끝에 적천경이 말했다.

"황 소저, 그럼 무엇이 중요한 것입니까?"

'끝까지 이렇게 나오겠다는 건가!'

황조경이 콧잔등을 가볍게 찡그렸다. 적천경에게 소리를 지르긴 했으나 속내를 쉽사리 드러내긴 어려웠다. 자신조차 확실하게 마음을 결정 내린 게 아니었기 때문이다.

하지만 적천경이 자신에게 공을 넘겼다.

선택의 결정권을 넘겼다.

그러니 이제 할 수 있는 일은 두 가지 밖에 없었다. 예전처럼 다시 뒤로 물러서거나, 두렵지만 앞으로 나아가거나. 그리고 황금귀상련에서 역전의 여제라 불리는 황조경은 대개 후자 쪽을 선택하곤 했다.

꽈악!

자신도 모르게 양손에 힘을 쥔 황조경이 입을 열었다.

"그러니까 저는……."

"잠시만!"

"……."

황조경의 눈이 동그래졌다. 적천경이 그녀의 입을 손으로 가렸기 때문이다.

아니다.

그는 그것만으로 만족하지 않았다.

스륵!

문득 한 손으로 황조경의 가느다란 허리를 감싸 안은 적천경이 분신이 일 정도로 빠르게 신형을 움직였다.

팍!

그리고 기다렸다는 듯 하늘에서 호선을 그리며 떨어져 내린 화살 하나!

스으 — 팟!

그와 거의 동시에 적천경이 지축을 찍듯이 밟으며 공간을 가로질렀다.

— 분뢰보 일보축지!

여전히 적천경에게 자신의 의지완 관계없이 안겨 있던 황조경의 눈이 더욱 동그래졌다. 일보축지와 함께 순식간에 땅을 접듯이 튀어 나가는 적천경의 분뢰보의 속도에 일시 혼백이 분리되는 것만 같았다.

게다가 그것만이 아니었다.

적천경은 극쾌의 분뢰보를 펼치는 중간에 속도의 감속 없이 신법의 방향을 바꿨다. 그에게 매달려 있는 형편이던 황조경으로선 마른하늘에 날벼락을 맞은 것이나 다름없다. 몸속의 피와 기혈이 순식간에 제멋대로 역류하는 듯한 고통마저 느껴야만 했다.

"아!"

결국 그녀가 입을 벌렸다.

신음이 절로 터져 나왔다.

그러나 적천경은 중간에 분뢰보를 멈출 생각이 전혀 없어 보였다. 그는 그 후에도 몇 번이나 비슷할 정도의 급가속과 급선회를 반복하며 순식간에 몇 개나 되는 건물을 뛰어넘었다.

'아! 아아아!'

황조경은 정신을 잃지 않기 위해 최선을 다해야 했다.

그게 현재 그녀가 할 수 있는 일의 전부였다.

그렇게 다시 커다란 건물 하나를 뛰어넘었을 때였다.

피융! 피융!

적천경과 그에게 완전무결하게 포옥 안겨 있는 황조경을 향해 몇 발의 화살이 날아들었다.

아니다.

그렇게 느끼는 사이 화살들은 두 사람의 뒤로 사라졌다. 적천경의 분뢰보가 더욱 빨라졌기 때문이다.

"아!"

이번 신음은 황조경의 것이 아니었다.

팔랑!

황조경의 눈앞에서 바람도 없는데 흔들리는 면사를 한 여인의 입에서 나오는 소리가 분명하였다.

'이 여자는 창위의 부영반?'

황조경의 절반쯤 뒤집혀 있던 눈이 평소의 총명함을 회복했다. 흑백이 또렷하고 이지적인 시선으로 적천경에게 완맥이 제압당해 있는 면사 여인 주약린을 바라봤다. 그녀의 손에 아직도 들려 있는 묘한 모양의 단궁과 함께 말이다.

그때 적천경이 말했다.

"어째서 툭하면 화살을 쏘아 대는 것이오? 부영반!"

"이젠 부영반 아닌데?"

"창위에서 나온 것이오?"

"나온 건 아니고……."

말끝을 묘하게 흐린 주약린이 면사를 팔랑이며 웃어 보였다.

"……그런데 언제까지 내 팔을 붙잡고 있을 셈이지? 다른 손에는 박색의 촌년을 끌어안고서 말야!"

'박색의 촌년!'

황조경의 눈에서 불똥이 튀어나왔다.

평상시 미모에 크게 신경을 쓰지 않는 그녀였다. 여인이란 점이 상계에서 활동하기에 그리 유리하진 않았기 때문이다.

하지만 그녀는 무림 사봉 중 일인이었다.

상계의 적봉황이었다.

어디 가서 여태까지 박색이라거나 촌년 따위의 말은 들어본 적이 없었다.

하물며 현재 그녀의 곁에는 마음을 둔 상대인 적천경이 있었다. 이런 모욕을 당하고보니 기분이 매우 나빴다. 만약 다른 때 같았으면 주약린의 면사를 뜯어낸 후 싸대기 몇 대 정도는 후려쳐야 직성이 풀렸으리라.

물론 지금은 아니다.

적천경이 보는 앞에서 그런 행동을 보일 생각은 없었다.

— 역전의 여제!

황금귀상련에서만 은밀히 도는 별명대로 주약린을 처리할 작정이었다. 눈앞에서 본 손해를 후일 몇 배로 갚아주는 상계의 철혈녀로써 말이다.

9장

내 무학이 부족했기 때문이다!

황조경의 불쾌한 내심을 눈치챈 것일까?

슥!

순간 그녀의 허리를 안았던 손을 거둔 적천경이 주약린에게 말했다.

"황 소저에게 무례를 범하지 마시오!"

"왜? 설마 이년이 네놈이 맘에 둔 정인이라도 되는 것이냐?"

"무례를 범하지 말라고 했소!"

"악!"

적천경은 두 번 참지 않았다.

주약린의 완맥에 진기를 주입하자 반신이 마비되는 걸 느낀 그녀가 비명을 터뜨렸다. 순간적으로 분근착골(分筋錯骨)을 당하는 듯한 고통을 느꼈으리라.

하지만 주약린은 곧 입을 다물었다.

이마에서 땀을 송골송골 쏟아 내면서도 적천경을 강렬하고 아름다운 눈으로 쏘아봤다. 결코 고통 따위에 굴복하지 않겠다는 뜻을 분명히 했다. 어찌 보면 이런 고통을 즐기기라도 하는 것처럼 느껴질 정도다. 그 정도로 현재 그녀가 느낄 고통은 심상치 않았다.

'역시 평범한 황족은 아니로군.'

적천경이 내심 눈살을 찌푸리고 주약린의 완맥을 놓아 줬다. 그녀가 장천사와 관련된 건문제의 혈육임을 알기에 험한 수단을 쓰기가 저어되었다.

까닥! 까닥!

주약린이 자신의 가느다란 손목을 몇 차례 흔들어 보이곤 피식 웃어 보였다.

"후후, 역시 평범한 사내로군. 이렇게 쉽게 날 놔줄 생각을 하다니……."

"언제든 문제없으니까."

"……뭐?"

"당신 정도는 언제든 다시 제압할 수 있다는 뜻이오."

"……."

주약린의 눈빛이 차갑게 가라앉았다. 적천경이 철저할 정도로 자신을 조롱한다고 생각한 것이다.

잠시뿐이다.

곧 그녀가 어깨를 가볍게 추어보였다.

"이것도 내 탓인 게지. 처음부터 죽일 생각으로 네놈을 공격했어야 하는 것을. 하지만 이런 내 호의가 계속될 거라 생각하면 오산이야!"

"당신이야말로 내가 계속 봐줄 거라 생각하지 않는 게 좋을 것이오."

"봐줘?"

"그렇소. 오늘처럼 당신을 봐주는 일은 다시는 없을 것이오. 특히 내 주변에 있는 사람들을 공격할 시엔 말이오."

적천경은 언성을 높이지 않았다.

나직한 저음으로 주약린에게 경고했다. 자신이 아니라 주변 사람들을 건드리지 말라고 말이다.

그게 거슬렸을까?

주약린이 발작적으로 교소를 터뜨리고 적천경을 서늘하게 바라봤다.

"호호호, 생각 밖으로 한심하군! 스스로 자신의 약점

을 드러내는 바보짓을 하다니 말야!"

"……."

"하지만 염려하진 마! 나도 저런 평범한 계집을 건드리고 싶진 않으니까. 단!"

갑자기 목소리를 한 단계 높인 주약린이 적천경에게 얼굴을 살짝 들이밀었다.

"다음에는 오늘처럼 쉽진 않을 거야. 못 본 사이에 무공이 한층 늘어났다는 걸 알았으니까 말야."

"……."

"뭐, 그럼 이쯤에서 나는 사라져 주도록 하지. 두 사람, 밤도 깊었으니 그만 잠자러 들어가는 편이 좋을 거야. 현재 항주란 곳은 용담호혈(龍潭虎穴)이나 다름없는 곳이니까."

경고? 충고?

의도를 알 수 없는 말을 남기고 주약린이 적천경으로부터 신형을 돌려 세웠다.

사락!

그 순간 절묘하게 휘날린 면사 사이로 주약린의 붉은 주사빛 입술에 걸린 호선이 살짝 보이고 자취를 감췄다. 마치 환상을 본 것처럼 말이다.

순식간에 멀어져 가는 주약린의 뒷모습을 묵묵히 바라보고 있던 적천경이 황조경에게 사과했다.

"황 소저, 방금 전에 실례를 범했습니다."

"화살이 절 노렸으니까요."

"……."

"뭘 그리 놀란 표정을 지으세요. 제가 적 관주님을 알고 지낸지가 벌써 몇 년이에요. 그동안 단 한 번도 예에 어긋날 행동을 하지 않았던 분이니, 쉽게 제가 처한 상황을 짐작할 수 있었어요. 하지만 아쉽게 되었네요."

"뭐가 아쉽게 되었다는 뜻입니까?"

"적 관주에게 권고하는 사람이 나왔으니, 우리는 이 좋은 달밤에 도로 산중루로 돌아가게 되었잖아요."

"황 소저도 아직 저에 대해 잘 모르는 부분이 있군요."

"예?"

"저는 누군가의 권고를 그다지 귀담아듣지 않는 못된 버릇이 있습니다."

"……."

"갑시다! 서호!"

"예?"

황조경이 그녀답지 않게 멍청한 표정을 지어 보이며 다시 반문하자 적천경이 옷자락을 잡아당겼다.

"에! 에에에!"

황조경이 적천경에게 질질 끌려가며 연신 당혹한 소리를 질러 댔다.

역전의 여제?

그딴 건 지금 전혀 존재하지 않았다.

그냥 한 사내한테 끌려가는 가녀리고 어쩔 줄 몰라 하는 여인만이 남아 있을 뿐.

$$*\qquad *\qquad *$$

서호.

항주 서쪽에 자리 잡고 있다고 해서 붙어진 평범한 이름과 달리 빼어난 아름다움을 자랑하는 인공 호수이다.

절색의 구릉과 계절을 장식하는 나무.

아침과 저녁으로 비 오는 날과 맑게 갠 날의 풍취.

이 모든 것이 각각 다른 아름다움을 지니고 있어서 사람을 매료시킨다.

또한 호수의 풍경을 빼고도 정자와 누각, 사원과 탑 등이 주위의 자연과 어우러져 아름다움을 더한다.

그래서 서호는 많은 문인묵객(文人墨客)들이 사랑한 곳으로 특히 백낙천, 소동파가 즐겨 시를 읊었던 곳이다.

송나라 때의 시인 소동파는 서호를 월나라의 미인 서시(西施)에 비유해서 서자호(西子湖)라고 불렀다. 사대 미녀로 꼽히는 서시가 항주의 미인이라는 데서 서호를 그녀에게 비긴 것이다.

적천경이 황조경과 서호에 도착한 삼경이 되기 직전이었다.

어느새 밤하늘을 환하게 물들인 달빛.

그 아래 존재하는 서호.

은은한 풍광 속에 서호의 매끈한 호수면을 몇 대의 꽃배가 가로지르고 있었다.

본래 서호는 백제(白堤)와 소제(蘇堤)라는 두 제방으로 나뉘어져 있다. 외호(外湖), 내서호(內西湖), 악호(岳湖), 서리호(西里湖), 소남호(小南湖)로 세분되어 있는 것이다. 그중 두 사람이 도착한 곳은 내서호였다.

내서호 위에 둥실하니 떠 있는 화선(花船)을 바라보던 적천경이 양손을 크게 벌렸다.

"좋구나!"

"……."

그에게 억지로 끌려온 셈이 된 황조경이 조금 황당한 표정으로 적천경을 바라봤다.

이런 행동, 전혀 적천경스럽지 않다.

생경했다.

그러나 고개를 갸우뚱한 채 다시 보니, 꽤 자연스러워 보이기도 한다. 아주 잘 어울려서 본래의 적천경이 이런 사람이었지 않았을까 싶기도 했다.

'어쩌면 저런 모습이 진짜 적 관주의 진면목일지도 모르겠구나! 평소 그의 모습은 사실은 억지로 꾸민 것이었을지도 몰라…….'

어째서 그런 생각이 든 것일까?

문득 황조경은 적천경이 안쓰러워졌다.

처음 봤을 때부터 그는 호검관주였다.

병든 한 여인의 남편이었다.

이어 죽은 아내와 같은 병이 든 처제의 형부가 되었다.

작고 약한 문파의 주인으로서…….

병든 자매의 하나밖에 없는 부양자로서…….

적천경은 자신을 죽이고 항상 단단한 기둥처럼 존재해야만 했다. 모두의 본을 보이며 어떤 흔들림도 보이지 않아야만 했다.

황조경은 그것이 적천경의 본래 가진 성질, 즉 본질이라 생각해 왔다.

그래서 그를 연모하면서도 조금 답답해했다.

자유분방하게 천하를 돌아다니며 맹활약하는 적봉황으로써의 자신과는 너무 동떨어진 삶이었다. 어쩌면 그의 곁을 떠난 건 고요한 물과 같은 적천경과 호검관에서의 생활을 계속 감당하기 어려웠기 때문일지도 모른다.

한데 지금 보니 아니다.

완전히 착각했다.

무림을 나온 후의 적천경.

자신의 무(武)를 마음껏 펼쳐 보이는 적천경.

호검관주라는 이름을 떼어 낸 그는 지금 무척이나 자유로워 보였다. 어떤 것에도 거칠 것 없이 천하를 종횡하는 자의 강렬한 포부와 기상을 자연스럽게 뿜어내고 있었다.

그리고 그 모습은…….

'쳇! 예전보다 더 멋있잖아!'

더욱 적천경에게 쏠리는 연모의 감정을 자각하며 황조경이 내심 혀를 찼다.

이 정도면 정말 중증이다.

빠져나올 수 없는 늪이나 다름없었다.

역시 눈앞의 잘생기고, 멋진 사내를 가질 수밖에 없겠다.

누구한테도 넘겨주지 않고 자신의 것으로 만들어야만

할 것 같았다.

'특히 그 못된 창위의 부영반 계집한테는 절대 넘기지 않을 거야! 그년은 언제고 내 손으로 요절을 내주고 말 테니까!'

끝까지 속을 뒤집어 놓은 주약린을 떠올리며 황조경은 주먹을 불끈 쥐었다.

처음, 그녀를 봤을 때와는 완전히 사정이 달라졌다.

전혀 그녀의 절세적인 미모가 신경 쓰이지 않았다.

흉악한 마음만 먹는다면 그런 이점 따위는 언제든 세상에서 지워 버릴 수 있었다. 물론 그러기에 충분할 만큼 주약린은 흉악했다. 어떤 종류의 응징이든 반드시 받아야 할 만큼 말이다.

그렇게 황조경이 내심 전의에 불타오르고 있을 때였다.

양손을 활짝 펼친 채 서호의 밤바람을 만끽하던 두 사람을 향해 갑자기 낯이 익은 청년 무인이 날듯이 다가왔다. 남궁세가의 자제 남궁성이었다.

"대형! 대형!"

'대형?'

적천경이 서호에서 시선을 떼어 남궁성 쪽을 바라보곤 눈살을 가볍게 찌푸려 보였다.

참 어처구니없는 넉살이랄까?

아니면 제멋대로인 성격이라고 해야 할까?

어떤 쪽이든 남궁성이 좋게 보이진 않았다. 그리고 귀찮았다.

"황 소저, 꽃배를 타고 싶다고 하셨지요?"

"물론이에요."

"그럼 호수가로 가시죠."

적천경의 갑작스러운 제안의 의미를 황조경이 모를 리없다. 그녀가 얼른 방긋 웃으며 찬동했다.

"그러죠."

"그럼."

적천경이 황조경에게 살짝 고개를 숙여 보이고 앞장서자 그녀가 얼른 그 뒤를 따랐다. 아예 남궁성을 무시해버리기로 마음먹은 것이다.

그러자 남궁성이 신법의 속도를 더욱 올렸다.

스스슥!

그가 펼친 건 남궁세가 최고의 신법인 화류비풍영(花流飛風影)이었다. 아직 그 화후가 부족하긴 하나 오대세가의 일좌를 차지했던 가문의 절기였다. 그는 어렵지 않게 적천경과 황조경 앞을 가로막아 설 수 있었다.

"대형, 어찌 소제를 피하려 하시는 겁니까?"

"나는 자네 같은 동생을 둔 적이 없네."

"어찌 그런 서운한 말씀을 하십니까? 사해는 본래 동도이고, 검을 나눈 사람은 한 잔 술로써 친구가 되고, 형제의 의를 맺는 게 강호의 인정이지 않습니까?"

'누구처럼 참 말은 잘 하는군.'

적천경은 구손을 떠올리곤 내심 고개를 저어 보였다.

학도 구손.

무당파에서 그가 인정한 진짜 인재다.

비록 무공을 익히진 않았으나 실로 다재다능한 인재 중의 인재로써 눈앞의 남궁성 따위와 비교할 수 없는 인물이었다. 진짜와 가짜만큼 결코 넘을 수 없는 차이가 존재했다.

그 같은 생각과 함께 적천경이 단호하게 말했다.

"다시 말하지만 나는 자네 같은 동생을 둔 적이 없네!"

"너무하십니다!"

울상이 된 남궁성을 적천경이 뒤로하고 다시 꽃배가 있는 선착장으로 향하려 할 때였다.

툭!

문득 적천경이 앞에 돌맹이 하나가 떨어져 내렸다.

누가 봐도 의도적인 행위!

적천경이 고개를 돌리니, 저만치 떨어진 곳에서 언지

경과 함께 걸어오는 청년 무인이 보였다. 얼마 전 십자로의 홍등가 뒷골목을 떠난 취룡 진남천이었다.

'제법 괜찮은 기도군.'

적천경은 굳이 기감을 확장시키지 않고도 진남천의 무위가 보통이 아니란 걸 느낄 수 있었다. 앞서 만났던 남궁성, 언지경은 둘째치고 양가장의 기린아라던 양환도 그에겐 많이 부족할 듯싶었다.

'그래, 굳이 비교하자면, 루외루에서 만났던 검각의 검봉황 남명주와 비슷할 것 같군.'

내심 빠르게 판단을 내린 적천경이 진남천을 향해 말했다.

"보아하니 명문의 제자 같은데, 행동이 방자하군."

"방자한 행동이라……."

적천경의 말을 되새김질 한 진남천이 어깨를 한차례 추어보이곤 히죽 웃었다.

"……하하, 마치 사부님이나 사숙님들한테 들었던 꾸짖음 같구만. 그런데 당신은 그분들이 아니란 말야!"

"그래서 문제가 있나?"

"당연하지!"

진남천이 살짝 목청을 높인 것과 동시였다.

스파팟!

문득 신형을 가볍게 비틀어 보인 그의 허리춤에서 폭발적인 검광이 일어났다.

월광(月光)!

그것을 가르는 하나의 섬광(閃光)!

'쾌검? 그건 단순히 보여주기 위한 검이로군! 진짜 핵심은 보법에 있다!'

적천경의 판단은 순간적이었다.

발검과 동시, 자신을 향해 곧바로 파고든 맹렬한 진남천의 검기!

그 쾌속의 검기, 이면을 똑바로 직시하며 내심 냉정한 판단을 내렸다.

티잉!

적천경이 내린 결정은 단순했다.

멸천뇌운검을 이용한 방어!

발검이 아니다.

가볍게 검을 퉁겨서 튀어 오른 검파로 자신의 전중혈 부근을 가로막았다.

진남천의 검기가 최종적으로 노린 부분이라서?

그렇진 않았다.

그는 검기의 변화, 그 자체를 끊어 버렸다. 진남천의 천하삼십육검이 진짜 변화를 보이기 전에 그 맥을 차단해서 위력을 죽여 버린 것이다.

당연히 그것만으로 끝일 리 없다.

팍!

적천경의 다리가 어느새 지척까지 접근해 온 진남천의 오금을 강하게 타격했다. 처음부터 그의 보법에 신경을 쓴 만큼 보행(步行)의 변화 역시 끊어 버렸다. 어떤 종류의 불안요소도 남기지 않고 소멸시키는 한 수랄까?

"우왓!"

진남천이 나직한 탄성과 함께 뒤로 풀쩍 물러났다.

오금에 가해진 일각!

그리 사정을 봐주지 않았는데도 큰 타격을 받은 것 같지 않다. 껄렁대는 말투나 행동과 달리 무공의 기초라 할 수 있는 하체 수련을 견실히 했음을 알겠다.

"이거, 세상은 넓고 기인이사는 강가의 모래알처럼 많다더니, 오늘 나 진남천이 크게 개안을 하게 되는구나!"

'진남천이라……'

적천경도 삼룡사봉에 대해선 알고 있었다.

정천맹이 위치한 항주로 오는 동안 천하제일영웅대회의 가장 강력한 우승 후보로 여러 번 거명되는 걸 들었다. 신경을 쓰지 않으려야 그럴 수 없게 되었음은 물론이었다.

게다가 오늘 낮에는 그 삼룡사봉 중 두 명의 봉황을 만났다.

특히 검봉황 남명주의 빼어난 검법은 제법 큰 인상을 남겼다. 아직 덜 여물었기는 하나 계속 일로정진하면 후일 일파종사가 될 가능성이 있다고 여겼다. 그 정도로 꽤나 그럴듯한 검을 보여 주었다.

그런데 하루가 가기 전에 삼룡 중 한 명인 취룡 진남천을 만나게 될 줄이야!

'……내가 항주에 오긴 온 모양이로군!'

내심 고개를 저어보인 적천경이 절반쯤 튀어나와 있는 멸천뇌운검을 도로 검갑에 집어넣었다. 상대의 정체를 알았으니, 더 이상의 대결은 무의미하단 생각이 든 것이다.

"종남파의 천하삼십육검은 좋은 검법이지. 하지만 아쉽게도 지난 백 년간 천하삼십육검을 완성한 사람은 없었다고 들었네."

"하핫!"

진남천이 발작적인 웃음을 터뜨렸다. 그리고 다소 굳어진 표정으로 말했다.

"광오한 자신감이로군! 천하삼십육검을 완성하지 않고선 자신을 상대할 수 없다는 생각을 품고 있다니 말야!"

"시험해 볼 작정인가?"

"……."

진남천은 대답하지 않았다.

대신 그는 이를 살짝 내보이며 한쪽 어깨를 가볍게 무너뜨렸다. 천하삼십육검의 첫 번째 초식인 천하도도(天下道道)를 펼치기 위한 준비에 들어간 것이다.

그러자 적천경이 담담하게 중얼거렸다.

"종남파의 천하삼십육검은 천하도도, 천하성산(天下成算), 천하도사(天下刀絲), 천하성진(天下星眞), 천하도괘(天下刀卦), 천하수조(天下修造), 천하비사(天下秘絲), 천하제탄(天下制彈), 천하밀밀(天下密密), 천하무궁(天下無窮)의 열 가지 초식으로 구성되어 있다. 대성할 경우한 번에 서른여섯 방위 전부를 공격할 수 있으나 그 전에반드시 두 가지 검법 중 하나를 완성해야만 한다. 그것은……."

"그만!"

진남천이 버럭 소리를 질렀다.

어느새 천하도도를 펼치려던 자세는 씻은 듯 자취를 감춰 버렸다. 그만큼 적천경이 중얼거린 말에 충격을 받았다. 항상 입가에 실실거리며 매달려 있던 퇴폐적인 미소까지 사라졌을 정도로 말이다.

적천경은 태연했다.

"……역시 천성무극검(天成無極劍)이나 천성패극검(天成霸極劍)중 어떤 것도 완성하지 못했군."

"어떻게 그 같은 사실을 아는 것이오?"

"글쎄?"

모호한 대답으로 진남천의 검미를 치켜 올라가게 한 적천경이 여전한 표정으로 말했다.

"내 의견을 말하자면, 천성무극검이나 천성패극검을 완성한 후 천하삼십육검에 다시 입문해도 늦지 않다고 생각하네. 자네는 아직 젊고, 종남파의 검학은 천하를 품을 만큼 깊으니까 말야."

"……"

진남천이 적천경을 노려보다 갑자기 히죽 웃었다. 다시 예의 그의 모습으로 돌아간 것이다.

"끝까지 모를 소리만 하는군. 하지만 한 가지는 알겠어!"

"……"

진남천이 남궁성과 언지경을 둘러보곤 말을 이었다.

"오늘 처음으로 만난 녀석들이 날 형님이라 부르며 충실한 호구 노릇을 자처하더군. 제 놈들이 가져온 전낭까지 아낌없이 바쳐가면서 말야. 그런데 그런 놈들이 갑자기 날 거들떠보지도 않고 당신한테 달려가더란 말야. 그거 아주 기분 더러운 거거든."

"그래서 내게 시비를 건 건가?"

"뭐, 그것도 있긴 하지. 하지만 그보다 당신이 명성이 자자한 상계제일미녀 적봉황과 함께하고 있는 걸 보니, 배알이 뒤틀리더란 말이지."

"어머!"

황조경이 즐거운 비명과 함께 손으로 입술을 가로막았다. 갑자기 자신에게 분쟁의 초점이 맞춰지자 기분이 좋아졌다. 그러고 보니 취룡 진남천하고는 구면이었다. 화악상단 건으로 화산파에서 고군분투한 후 분풀이를 할겸 종남파를 은연중 밀어주고 있었기 때문이다.

'그때부터 나한테 마음이 있었던 건가? 자식, 보는 눈은 있어 가지고!'

삼룡 중 일인의 연모를 받는다?

그리 나쁜 기분은 아니다.

항상 홀로 적천경을 바라보고 있는 처지라 상했던 자존심이 조금쯤 회복되는 걸 느꼈다.

힐끔.

황조경이 적천경을 곁눈질했다. 그가 어떤 반응을 보일지 자못 기대가 되었다.

그때 진남천이 툴툴대며 말을 이었다.

"나는 방금 전에 검봉후한테 들이댔다가 걷어 차였는데 말야!"

'뭐라고!'

황조경이 진남천을 노려봤다. 그에게 가졌던 호감이 급격하게 식는 걸 느꼈다.

적천경이 말했다.

"그래서 어쩔 생각인가?"

"검봉후 대신 당신과 비무란 걸 해보고 싶은 거지 뭐!"

"그럼 뭘 기다리는 거지?"

적천경의 담담한 반문에 진남천의 입가가 비틀렸다. 당장이라도 적천경에게 검을 쑤셔 박고 싶었다. 그래서 다시는 종남파의 모든 것이나 다름없는 천하삼십육검에 대해 지껄이지 못하게 하려 했다.

지금 당장!

바로 이 순간!

하나 그는 끝내 다시 검을 뽑지 못했다.

눈앞의 적천경.

보면 볼수록 크게 느껴졌다. 어떤 식으로 검을 뽑아서 천하삼십육검의 절초를 펼쳐도 공격을 성공시킬 수 없을 것 같았다.

왜?

어째서?

'천룡(天龍)에게 당했을 때도 이렇진 않았거늘!'

끔찍했던 과거의 기억!

다신 떠올리기 싫은 패배의 기억!

하지만 항상 곱씹으며 검을 들었던 기억의 단편을 되살리며 진남천은 눈초리를 가볍게 떨었다. 삼룡의 으뜸, 천룡 제갈무경을 생각하자 마음이 울컥해졌다. 격동으로 인해 지독스레 술 생각이 났다.

그래서였을 것이다.

탁!

갑자기 검갑을 가볍게 손가락을 튕겨 보인 진남천이 적천경에게 히죽 웃어 보였다.

"하하, 생각해 보니 우습군. 뭐, 오늘이 아니더라도 곧 형장의 검을 마주할 때가 오겠지."

"천하제일영웅대회를 말하는 건가?"

"출전할 생각일 테지?"

"물론."

적천경의 간명한 대답에 진남천이 한 차례 손뼉을 치고 신형을 돌려 세웠다.

"그럼 그때 봅시다!"

"자네!"

"또 뭐요?"

"사실 두 가지 검법을 완성하지 않아도 된다네."

"……."

진남천이 뭔 소리냐는 듯 적천경을 바라봤다. 그가 하는 소리를 전혀 이해하지 못하겠다는 표정이다.

적천경이 말했다.

"다음에 만날 때까지 잘 생각해 보게. 숙제로 내 줄 테니까."

"숙제? 내 사부라도 되고 싶은 거요?"

"글쎄."

적천경이 다시 모호한 대답과 함께 신형을 돌려 세웠다. 더 이상 해 줄 말이 없다는 듯.

화선을 타기 위해 멀어져 가는 두 사람.

적천경과 황조경을 멍하니 바라보고 있던 진남천이 고민하는 표정이 역력한 남궁성의 뒷덜미를 낚아챘다.

"컥! 남천 형님, 어찌 이러시는 겁니까?"

"네놈이야말로 무슨 생각을 한 것이냐?"

"예?"

"계속 의뭉스러운 짓거리를 한다면 당장 네놈의 멱을

따서 서호에 수장시켜 버릴 줄 알아라!"

"……."

남궁성이 겁먹은 표정으로 자라목을 해 보였다.

그동안 지켜봐 온 진남천은 자신이 한 말을 반드시 지키는 사내였다. 무공 역시 삼룡에 속하는 자답게 대단했다. 남궁성이나 언지경이 동시에 덤벼든다 해도 십초지적도 되지 못할 터였다.

그래서 남궁성은 아주 잠깐 동안만 고민했다. 어느새 진남천이 검을 뽑아드는 모습을 봤기 때문이다.

"죄송합니다! 용서해 주십시오!"

"뭘?"

"사실 소제는 적 대형이 서호로 향하는 걸 알고 남천 형님을 모셔온 것입니다."

"왜 그런 짓을 했지?"

"소제가 보기에 두 분은 이번 천하제일영웅대회의 가장 강력한 우승 후보였기 때문입니다."

"미리 두 사람을 붙여 본 후에 강한 자에게 붙으려고 했던 것이냐?"

"그런 생각이 아예 없었다곤 하지 않겠습니다."

"너!"

"예?"

"지나치게 솔직하다는 생각이 들지 않냐?"

"그게 소제의 최대 단점입니다."

"푸하핫!"

진남천이 크게 웃었다. 남궁성과 언지경을 만난 후 처음으로 보이는 속 시원한 웃음이었다.

잠시뿐이다.

곧 웃음을 멈춘 그가 주먹으로 남궁성의 머리를 때렸다.

따악!

박 터지는 소리와 함께 남궁성이 바닥에 주저앉았다. 무공으로 단련된 그의 다리가 일순간 풀려버릴 정도로 심하게 때린 것이다.

언지경 역시 징벌을 피해갈 순 없었다.

따닥!

남궁성이 얻어맞는 걸 보고 어깨를 움찔거리던 언지경 역시 머리를 부여잡고 바닥에 엉덩방아를 찧었다. 피하려는 시도를 하다가 한 대 더 얻어맞았다. 고통이 두터운 두개골 안쪽까지 전달되어 거의 의식불명 직전까지 가버렸다.

그러거나 말거나 진남천은 신경 쓰지 않았다.

그가 바닥에 쓰러진 두 사람을 노려보다 흉악한 표정

을 한 채 말했다.

"날 엿 먹였으니, 오늘 잠은 다 잔 줄 알아라!"

"소제들을 체벌하실 생각이십니까?"

"응."

"……."

"네놈들을 새벽닭이 울 때까지 술통 속에 파묻어서 다시는 형님한테 헛소리를 지껄이지 못하게 할 테다!"

"예?"

"혀, 형님한테요?"

남궁성과 언지경이 얼떨떨한 표정으로 올려다보자 진남천이 퉁명스럽게 말했다.

"내 동생이 되고 싶다며? 그래 놓고 날 엿 먹였으니 네놈들을 죽이지 않으려면 동생으로 삼을 수밖에 없지 않겠느냐!"

"형님!"

"형님!"

남궁성과 언지경이 진남천의 바짓가랑이를 붙잡고 늘어졌다. 그토록 얻고 싶던 굵은 동아줄을 붙잡았다. 다시는 놓지 않을 작정이었다. 절대로 놓지 않을 터였다.

픽! 픽!

두 사람은 곧바로 동아줄을 놓았다.

진남천에게 다시 머리를 얻어맞자 모든 의욕이 사라져 버렸다.

그러자 진남천이 그런 그들의 뒷덜미를 낚아챘다.

"어딜 자빠지려고 해! 당장 술통을 향해 가자! 내 오늘은 화끈하게 술을 쏘도록 하마!"

"으어어!"

"으어어어!"

남궁성과 언지경이 비명을 터뜨리며 진남천에게 끌려갔다.

이 밤, 그들에겐 꽤나 길 듯싶었다.

＊　　　＊　　　＊

꽃배.

화사한 꽃으로 단장되어 있는 화선 위에선 은은한 칠현금 연주가 흘러나오고 있었다.

청루(靑樓)의 가기(歌妓)!

몸을 파는 홍루의 기녀와 달리 악기를 연주하고, 노래를 부르는 걸 업으로 삼는 여인이다. 그런 여인의 칠현금 연주를 들으며 적천경과 황조경은 달밤을 보내고 있었다.

문득 홀짝거리며 술을 마시던 황조경이 궁금하다는 듯
적천경에게 질문했다.

"적 관주, 궁금한 게 있어요."

"물어보십시오."

"어떻게 종남파의 절기에 대해 그리 잘 아시는 거죠?"

"사부님께 배웠을 뿐입니다."

"사부님께요?"

"예."

적천경이 대답과 함께 사부에게 들었던 종남파 고수에
대한 얘기를 떠올렸다.

당시 사부에게 도전했던 그는 종남파 제일의 검객이었
다.

천하삼십육검을 거의 극성까지 익힌 희대의 천재였다.
만약 그대로 십 년의 시간이 더 주어졌다면 반드시 수백
년만에 최초로 천하삼십육검을 완성했을 거라 했다.

하지만 그는 하필이면 비무행 중 사부님을 만났고, 무
인 특유의 호승심을 견디지 못하고 도전했다. 자신과 사
문의 무학을 믿고 전력으로 사부에게 부딪쳐갔다.

그리고 패배했다.

사부의 검에 목숨을 잃어야만 했다.

사부는 그때의 얘기를 하면서 무척이나 안타까워했다.

— 내 무학이 부족했기 때문이다!

그렇게 사부는 자책했다.

당시 마흔을 앞두고 있던 사부는 무공의 화후가 부족해서 종남파 고수의 천하삼십육검을 살검으로 받을 수밖에 없었다. 전력을 다한 그를 죽이지 않고 이길 만큼 충분히 강하지 못했던 것이다.

그래서 사부는 오랫동안 천하삼십육검을 연구했다.

후일!

다시 종남파의 고수를 만나게 되면 똑같은 잘못을 저지르지 않기 위함이었다.

그렇다.

종남파의 천하삼십육검은 사부에게 인정을 받았다.

제자인 적천경에게 깊은 인상을 남겼다.

스스로 독창한 호검팔연식!

삼초 삼십육검천하일단의 이름 역시 그로 인해 지어진 것이라 할 수 있었다. 어렸을 적 사부에게 들었던 종남파 고수의 얘기가 꽤나 인상 깊었기 때문이다.

내심 생각을 정리한 적천경이 설명하듯 말했다.

"사부님은 종남파의 천하삼십육검을 인정하셨습니다.

그래서 저 역시 취룡 진남천에게 기회를 주고 싶었을 뿐입니다."

"기회를 주고 싶었다고요?"

"예."

적천경이 대답과 함께 자신의 술잔을 내밀었다. 더 이상 질문하지 말고 술이나 마시자는 무언의 압력이었다.

'첫! 오늘은 여기까진가?'

적천경의 사부!

수년 동안 무수히 많은 황금귀상련의 비선 조직을 동원했음에도 누군지 밝혀내지 못했다. 실제로 존재하는 사람인지도 이젠 의심이 들었다.

그래서 궁금했다.

적천경에게 가장 중요한 사람이기 때문에 알고 싶었다.

하지만 오늘도 적천경은 선을 그었다.

언제나와 같이 사부에 대해 알려 줄 생각이 없었던 것이리라.

아내였던 소연정에겐 말했을까?

또다시 불쑥 머리를 든 질투의 감정에 짜증을 느끼며 황조경이 적천경에게 술을 따랐다.

이 밤!

정말 좋다.

흥취를 깨는 일 따윈 하고 싶지 않았다.

"우리 조금 더 마실까요?"

"황 소저만 괜찮다면."

"나 술 세요!"

황조경이 호기롭게 외치곤 술 한 병을 더 시켰다. 산중루로의 귀가는 조금 더 늦어질 전망이었다.

10장

이곳은 정천맹!
천하정파의 중심지!

정천맹.

항주성 동남쪽 연하동에 호포사(虎包寺) 인근에 위치한 총단의 규모는 족히 수천 명을 수용할 만했다. 본래 호포사의 땅을 총단에서 수용해서 수십 개가 넘는 대소 전각(大小殿閣)을 지었기 때문이다.

덕분에 항주는 당대에 무림의 중심지가 되었다.

영락제 시대 이후 쇠락(衰落)해 가던 강남의 새로운 희망이 되었다. 정천맹에서 매년 여는 천하제일영웅대회로 사람들이 몰려들었고, 그로 인해 상업이 융성해져서다.

물론 그것뿐만은 아니다.

정천맹의 약왕당을 맡고 있는 미신 당세령이란 절대적인 존재가 있었다.

그녀는 정천맹의 약왕당주가 된 이후 진짜 물 쓰듯 돈을 썼다. 중원의 곳곳에 약왕당의 지부격인 의원을 만들고, 엄청난 양의 약재를 사들였다. 영약 정도 수준의 약재는 거의 부르는 대로 값을 쳐 줄 정도였다.

그래서 정천맹 주변에는 무수히 많은 약재상이 성업 중이었다.

정파 무림의 중심지!

신마혈맹의 발호를 막아 낸 정의의 대지!

그러나 실상은 진한 약재 향으로 가득하고, 무수히 많은 환자들이 드나드는 커다란 의원이나 다름없었다. 그렇게 미신 당세령이 만들었다.

단! 천하제일영웅대회가 열릴 때만 제외하고!

와글와글!

웅성웅성!

이른 오전부터 정천맹 총단으로 향하는 길은 각양각색의 복장을 한 무림인으로 가득했다.

— **천하제일영웅대회의 개막일!**

그게 이 많은 무림인들이 모여든 이유의 전부였다.

수개월 전부터 중원의 각처를 출발한 무림인들은 수일 전부터 항주로 몰려들어 오늘을 기다려왔다. 천하제일 영웅대회의 예선에 참가할 참가자들을 뽑기 위해 정천맹 총단이 일차 심사에 들어갈 때를 말이다.

그렇다.

당연하게도 천하제일영웅대회는 아무나 참가할 수 있는 게 아니었다. 몇 가지 조건을 충족해야만 했다. 예선 참가에 자신의 이름을 올리기 위해선.

그 조건은 이러하다.

— 제일(第一). 정파인이어야만 한다!
— 제이(第二). 자신의 소속 문파를 밝힐 수 있어야만 한다!
— 제삼(第三). 지닌바 무공의 화후를 측정키 위해 몇 가지 심사를 통과해야만 한다!

간단하다면 간단한 조건이다.

하지만 이 간단한 조건을 통과해 천하제일영웅대회 예선에 참가하는 게 그리 쉽지 않았다.

첫 번째와 두 번째 조건은 그렇다 치고, 세 번째 조건을 통과하기가 만만치 않았다. 정천맹 총단에 소속된 일류 고수들이 심사관으로 나와서 경공(輕功), 외공(外功), 내공(內功)의 수준을 냉정하게 측정하기 때문이었다.

그래서 보통 예선 통과 인원은 매해 오십 명을 넘지 않았다.

항상 그 정도 수준으로 조정했다.

그 이상이 되면 대회 기간이 길어져서 환자를 받지 못하게 된 미신 당세령의 분노를 살 위험이 있었다. 정천맹 내 어느 누구도 그 같은 위험을 감수하고 싶진 않을 터였다.

그 같은 내용을 황조경에게 전해들은 적천경은 예선 심사를 받기 위해 줄을 서 있었다.

황조경이 뒷돈을 써서 예선 심사 정도는 통과시켜 줄 수 있다고 했으나 그는 정중하게 거절했다. 이런 간단한 일까지 그녀의 도움을 받고 싶진 않아서였다.

그렇게 적천경이 영원히 끝나지 않을 것 같은 줄의 한 부분이 되어 있을 때였다.

후다닥!

줄의 거의 맨 앞에 서 있던 남궁성이 적천경을 발견하고 날듯이 신형을 날려 왔다.

'볼 때마다 신법의 속도가 느는 것 같군?'

적천경이 신기하다는 듯 자신에게 달려오는 남궁성을 바라봤다.

기재와 범재의 중간가량이랄까?

결코 출중하다곤 할 수 없는 재질을 남궁성은 가지고 있었다. 명문 남궁세가의 자제임을 감안하면 더욱 그렇다는 생각이 들었다.

하지만 이제 보니 그에게도 특기는 있는 것 같았다.

'신법이나 경신술에 특화되어 있는 재능이로군. 만약 그쪽으로 뛰어난 사부를 만난다면 괄목상대(刮目相對)를 이룰지도 모르겠군.'

내심 남궁성의 무공재질에 대한 판단을 내린 적천경의 입가에 쓴웃음이 매달렸다.

지난 칠 년여간 사부 노릇을 했다.

호검관을 만들고 어린애들을 제자로 받아들여 가르쳐왔다.

인재만 있을 리 만무하다.

범재(凡才), 둔재(鈍才), 우재(愚才)…….

대부분이 그러했다.

아주 대책이 서지 않는 제자들도 있었다. 도저히 가르칠 수 없는 수준들 말이다.

하지만 적천경의 호검관은 작은 동네의 무관이었다.

배움을 청하며 온 제자들을 어느 한 명도 돌려보낼 수 없었다. 그러고 싶지 않았다.

그래서 적천경은 참는 법을 배웠다.

포기하지 않는 법을 배웠다.

제자들의 타고난 성격과 재질, 특성을 꼼꼼히 살펴서 그에 맞춰서 참을성 있게 무공을 가르쳤다. 늦더라도 기초부터 철저하게 잡아서 후일 조금이나마 진보할 수 있게 했다.

그러던 버릇이 지금 튀어나왔다.

그 점을 의식하며 고소한 건 어쩔 수 없는 일이었다.

그때 적천경 앞에 도달한 남궁성이 밝은 표정으로 말했다.

"적 대형, 밤새 편안하셨습니까?"

"나는 자네의 대형이 아니라고 했을 텐데?"

"예, 소제를 동생으로 대하지 마십시오! 저는 계속 대형으로 모실 테니까요!"

'이런 막무가내(莫無可奈)를 봤나!'

적천경이 남궁성을 어이없다는 듯 바라봤다.

그러거나 말거나 남궁성은 적천경에게 달라붙으며 말했다.

"적 대형, 저희 일행이 새벽부터 줄을 서서 앞줄을 맡아 놓았습니다. 그쪽으로 가시지요."

"나는……."

적천경이 일언지하(一言之下)에 거절하려다 말끝을 흐렸다. 문득 마음에 걸리는 점이 있었기 때문이다.

'줄이 상당히 길다. 이대로는 오늘 내에 예선 통과증을 받을 수 있을지 장담할 수 없다. 현재 가장 중요한 건 미신을 만나서 처제의 절맥증의 치료를 부탁하는 것이니…….'

내심 판단을 내린 적천경이 남궁성에게 고개를 끄덕여 보였다.

"……그럼 부탁하도록 하지."

"예, 소제만 믿으십시오!"

표정이 환해진 남궁성이 적천경에게 호언장담한 후 자신이 달려온 줄의 앞으로 적천경을 인도했다. 어젯밤 형님으로 모신 취룡 진남천과 밤새 술을 마시고, 줄을 선 보람을 느끼는 순간이었다.

그렇게 두 사람이 줄 앞에 이르자 언지경이 반색하며 맞았다.

"남궁 형, 결국 성공하셨군요!"

"내가 뭐라 했던가! 결국 적 대형을 모셔올 거라 했지 않던가!"

의기양양해 소리친 남궁성이 얼른 적천경에게 정중하
게 자기들이 맡아 놓은 줄로 인도했다. 칙사(勅使)라도
대접하는 듯한 모습이다.

그때 그들의 바로 앞줄이 사라졌다.

곧바로 예선 심사에 들어가게 된 것이다.

남궁성이 얼른 말했다.

"적 대형, 먼저 시험을 보시지요!"

"그래도 될까?"

"물론입니다!"

"고맙네."

적천경이 남궁성과 언지경에게 한차례 고개를 끄덕여
보이고 정천맹의 정문을 향해 걸어갔다. 그곳에 예선 심
사청이 설치되어 있었기 때문이다.

＊　　　＊　　　＊

세 가닥 기다란 수염.

푸른빛이 감도는 유생건과 의복.

등에 짊어진 판관필(判官筆)까지……

심사청에 들어서 만난 사십 대 초반으로 보이는 중년

수사의 모습은 평범한 무림인과 어울리지 않았다.

아니다.

곧 그 같은 첫인상은 깨끗이 머릿속에서 지워진다.

눈빛.

흡사 사람의 속을 있는 그대로 끄집어낼 것 같이 맑고, 투명하며 신광 어린 시선이 중년 수사에 대한 선입견을 날려 버린다. 누가 뭐라 해도 절정급 고수의 풍모로 일신되었다. 단지 눈빛 하나만으로 말이다.

— 신안수사(神眼秀士) 안휘.

정천맹 내에서도 첫손 꼽히는 안력과 인물평에 능한 사람이다. 그의 앞에서는 어떤 변장의 달인이라 할지라도 진면목을 숨길 수 없다고 했던가?

그 안휘가 이번 천하제일영웅대회의 예선 심사관이었다.

의미심장한 대목이라 할 수 있겠다.

"정파인 이시오?"

"그렇습니다."

"소속 문파에 대해 말해 보시오."

"강서성 악안에 위치한 호검관의 적천경이라 합니다."

"강서성 악안의 호검관……."

안휘가 물 흐르는 듯한 필체로 명부첩에 적천경이 말한 내용을 적었다. 여기까지는 이른바 요식행위다.

그런데 그의 필이 잠시 멈췄다.

"……적천경?"

안휘가 명부첩에서 시선을 떼고, 천하에 명성이 드높은 신안을 번뜩였다. 눈앞에 서 있는 적천경을 향해 자신의 안력을 집중시킨 것이다.

잠시뿐이다.

곧 신안에 담긴 안력을 평소 정도로 줄인 안휘가 세 가닥 수염을 손으로 쓰다듬으며 미소 지었다.

"이거 처음부터 대어의 심사를 맡게 되었지 않은가! 근래 무당산에서 명성을 떨친 호검관의 적 관주를 직접 보게 되어 영광이외다."

'무당산에서 명성을 떨쳤다라…….'

적천경이 미신 당세령을 만났을 때를 상기하며 정천맹이란 조직에 대해 다시 생각하게 되었다.

— 정파 천하의 중심!

천하 무림을 일통했다 해도 과언이 아닌 정천맹의 정

보력은 예상을 훨씬 뛰어넘는 것 같았다. 무당산에서 벌어졌던 일련의 사건은 창위와 관련된 것인데, 이미 정천맹 내부에 소문이 돌았다니, 놀랍다는 생각이 들었다.

그 같은 적천경의 속내를 읽은 것일까?

안휘가 미소를 거두지 않은 채 말했다.

"그렇게 놀란 표정을 지을 건 없소이다. 내 직책이 정천맹의 감찰원(監察院) 원주인지라 무림 내 소식에 정통할 뿐이니까 말이외다. 뭐, 그건 그렇다 치고! 적 관주쯤 되는 고수한테 저런 삼류 무인들을 걸러 내는 시험을 치게 할 순 없을 터!"

"……."

"날 따라오시오!"

안휘가 적천경에게 손짓한 후 경공, 내공, 외공을 시험하는 심사관을 지나쳐갔다. 적천경에게 아예 특별 시험을 치게 할 생각을 한 듯싶다.

그렇게 얼마나 걸었을까?

단숨에 심사관을 통과한 안휘와 적천경이 도착한 곳은 넓은 바둑판 모양의 비무대였다.

아니다.

일반적인 비무대와는 좀 달랐다.

바둑판 모양의 비무대는 높이가 낮았고, 중간중간 날

카로운 도검(刀劍)이 거꾸로 꽂혀 살벌함을 더하고 있었다. 족히 백여 개는 꽂혀 있는 듯싶었다.

'이곳에서 시험을 치르게 하려는 것인가?'

적천경이 눈앞의 특이한 비무대를 살피며 눈을 빛내고 있을 때 안휘가 목소리를 슬쩍 높였다.

"마적, 어디에서 놀고 있는 것인가!"

'마적?'

적천경의 눈에 담긴 이채가 더욱 강해졌다.

─ 표매산영(飄梅散影) 마적!

이름을 들어본 적이 있다.

과거 독각대도(獨脚大盜)로 악명을 떨치다 정천맹에 귀의한 보신경의 절정 고수이기 때문이다.

그의 표매산영보(飄梅散影步)는 당금 무림에서 몇 손가락 안에 꼽히는 보신경으로 유명했다. 다른 특별한 무공 없이 마적은 이 표매산영보만으로 절정 고수로 성명을 떨쳐 왔다.

슥!

그때 안휘 앞으로 마적이 신형을 날려 왔다.

나무 위에서 낮잠이라도 자고 있었던 것인가?

하품을 늘어지게 하는 봉두난발의 사나이는 여전히 독각대도 때의 습성을 버리지 못한 듯하다. 털이 부슬부슬 난 가슴팍을 거의 그대로 드러낸 추레한 옷차림에 장비를 닮은 수염, 부리부리한 눈이 전형적인 산적의 외양이었다.

단! 특이하게도 그의 다리는 매우 길었다.

신장은 적천경과 비교해 작은데, 다리 길이만큼은 거의 비슷했다. 보신경이나 각법을 익히기에 이상적인 신체 조건을 타고났다고 할 수 있을 터였다.

'그러고 보니 남궁성, 그 친구도 다리 하나는 길었어. 역시 보신경 쪽에 신경을 쓰게 하는 편이 놓으려나?'

문득 남궁성의 신체 조건을 떠올린 적천경이 고개를 저어보았다. 이것도 병이란 생각이 들었다.

그러자 마적이 퉁방울 같은 눈을 부릅떴다.

"뭐야? 초면부터 애송이 녀석이 왜 고개를 가로젓는 것이냐? 설마 이 몸이 네놈의 상대로 부족하다고 생각하는 건 아닐 테지!"

"맞소."

"뭐?"

"당신은 내 상대로 부족하다고 생각했다는 것이오."

적천경의 도발에 마적이 누런 이를 드러내며 대소를

터뜨렸다.

"크하하핫! 오랜만에 시원한 성격을 지닌 놈을 만났구나! 지루한 정파 놈들 같지 않아서 좋아!"

"그런 당신도 정천맹에 고개를 숙이지 않았소?"

"누가 고개를 숙여!"

버럭 노성을 터뜨리는 마적을 향해 적천경이 다시 도발했다.

"천하에는 그리 소문이 나 있소. 독각대도였던 표매산영 마적이 정천맹의 추격을 견디지 못하고, 목숨만 살려 달라고 투신했다고 말이오."

"크악!"

마적이 입에서 불이라도 뿜어낼 것 같이 괴성을 터뜨리고, 안휘에게 소리쳤다.

"안 원주, 어서 시험을 시작합시다! 저 건방진 애송이 녀석에게 세상이 얼마나 넓은지, 하늘이 얼마나 높은지를 알려 줘야 할 것 같소이다!"

"적당히 하셔야 함을 아실 것이오?"

"죽이지만 않으면 될 것 아니오!"

"……."

흉악한 마적의 말에 안휘가 잠시 그를 바라보곤 천천히 고개를 끄덕여 보였다.

천하가 인정하는 신안의 소유자!

적천경을 본 순간, 범상치 않은 무공의 소유자임을 눈치챘다. 하지만 그 화후가 어느 정도인지는 알 수 없었다. 무언가 보이지 않는 벽에 가로막힌 듯 그의 신안을 밀어내는 어떤 것이 존재했기 때문이다.

그래서 그는 적천경을 특별 시험을 핑계 삼아 마적에게 데려왔다. 천하제일영웅대회의 불안 요소가 될 자들을 중간에 제거하기 위해 마련된 특수 비무대에서 마적을 상대할 적천경을 가늠해 볼 요량이었다.

'내 눈이 틀리지 않다면 적천경이란 자는 이 시험을 통과할 수 있을 터였다. 마적을 흥분시키지 않았다면 말이야. 그런데 그는 어째서 마적을 도발한 것일까?'

그 점도 궁금하다.

적천경의 속내가 무척이나 신비롭다고 생각했다.

그때 마적이 안휘의 허락이 떨어졌다는 판단하에 비무대 위로 뛰어올랐다.

스으!

과연 놀라운 보신경이다.

생긴 모습과 어울리지 않을 정도로 고아하고 품위 있는 동작으로 그는 비무대 위에 올라섰다.

"건방진 애송이 녀석아! 어서 올라오거라! 네놈이 모

르는 세상이 있음을 내가 알게 해 주마!"

"그럴 수 있길 바라겠소."

"으드득! 흰소리 그만하고 어서 올라와!"

버럭버럭 소리를 질러 대는 마적을 바라보며 입가에 흐릿한 미소를 지어 보인 적천경이 비무대 위로 뛰어올랐다.

슥!

마적과는 달리 평범한 움직임이다.

겉으로 보기엔 하나도 특별한 점이 없었다.

한데, 마적이 입을 벌렸다. 적천경이 비무대 위가 아니라 거꾸로 꽂혀 있는 도검 중 하나 위에 올라섰기 때문이다.

"이, 이놈! 뭘 하자는 것이냐?"

"마적, 당신의 특기가 보신경이라고 들었소. 그러니 당신의 특기에 맞춰서 상대해 주려는 것이오."

"그렇다고 칼날 위에서 싸우자고?"

"무섭소?"

적천경의 세 번째 도발에 마적이 다시 이를 갈며 역시 칼날 위로 뛰어올랐다. 보신경의 절정 고수답게 시퍼렇게 날이 서 있는 칼날의 영향을 전혀 받지 않는 것 같았다.

잠시뿐이었다.

곧 상황이 달라졌다.

스으 — 팟!

적천경이 마적이 칼날 위로 뛰어오르자마자 신형을 움직였다.

— 분뢰보 일보축지!

공간을 접어들어 가는 극쾌의 보신경을 펼친 적천경이 단숨에 마적에게 파고들었다.

"억!"

마적이 비명을 터뜨렸다.

뒤늦게 자신과의 간격을 극단적으로 좁히며 파고든 적천경을 상대하려 표매산영보의 절초를 펼치려 했다.

하나 늦었다.

턱!

적천경의 장권이 마적의 턱 아래쪽을 때렸다. 아래에서 위로 밀듯이 쳐냈다.

내력이 담기지 않은 일격!

그러나 머리는 인체에서 가장 중요한 부위!

즉, 뇌가 위치해 있다.

턱 아래쪽에 별다른 방어 없이 충격을 받으면 두개골로 보호받는 뇌가 진탕된다. 오히려 강력한 방어벽이 감옥의 철벽이 되는 셈이 되는 것이다.

휘청!

마적의 몸이 뒤로 넘어갔다. 단숨에 다리에 힘이 풀려서 의식이 절반쯤 날아가 버렸다.

그런 그의 뒤에서 번쩍이는 칼날!

턱!

순간적으로 산적꽂이처럼 칼날에 몸이 꿰뚫릴 뻔한 마적을 적천경이 붙잡았다.

팟!

그리고 뒤로 신형을 날리니 어느새 비무대 아래다.

전광석화(電光石火)다.

그렇게 그는 특별 시험을 통과했다.

단 일 초식으로 손꼽히는 보신경의 고수인 마적을 제압하고, 그의 목숨을 구하기까지 했다.

마적이 바닥에 늘어져 있다가 머리를 이리저리 흔들고 벌떡 일어서 소리쳤다.

"이놈! 이건 무효다! 무효야!"

"마적이 비록 독각대도 출신이라곤 하나 호걸이라고 들었는데, 소문이 잘못 되었나 보군."

"뭐야?"

"당신이 원한다면 다시 대결해 주겠소. 하지만 방금 전 마적 당신의 목숨을 내가 구해 준 것도 사실! 이 점도 부인할 셈이오?"

"그, 그건……."

마적이 말을 더듬었다.

그 역시 무림의 절정 고수다.

비록 허점을 찔려서 패배했다곤 하나 방금 전 생사를 장담키 어려운 위기에 처했음을 모르지 않았다. 적천경이 재빨리 손을 써서 구해 주지 않았다면 시퍼런 칼날에 목숨을 잃었을 가능성이 높았다.

당연히 그는 적천경에게 구명(求命)의 빚을 진 셈이었다.

얼굴에 철판을 깔지 않았으니 그 점은 부인할 수는 없었다.

적천경이 말했다.

"그런 표정 지을 필요 없소. 당신에게 구명의 빚을 갚으라고 할 생각은 없으니까."

"그게 무슨 말도 안 되는 소리냐!"

버럭 소리를 지른 마적이 언제 당황했냐는 듯 가슴을 펴고 말했다.

"나 마적이 누구라고 구명의 빚을 갚지 않겠느냐! 네 놈은 당장 내게 부탁할 게 있으면 하거라!"

"나중에."

"뭐?"

"나중에 당신을 찾아갈 것이오. 그때 내 부탁이 마음에 들지 않거든 오늘 끝내지 않은 승부를 다시 청해도 될 것이오."

"……."

적천경이 입을 가볍게 벌린 마적을 향해 빙긋 웃어 보였다.

짝! 짝! 짝!

비무대 밑에서 신안을 번뜩이며 적천경을 지켜보고 있던 안휘가 박수를 치며 다가왔다. 기대감이 없었다곤 할 수 없다. 하지만 설마 이렇게까지 마적을 상대로 완승을 거둘 줄은 몰랐다. 얼굴이 살짝 상기되어 있다.

"호검관주에 대한 소문은 과연 명불허전(名不虛傳)이었구려! 진심으로 안 모는 감탄했소이다!"

"시험은 통과한 것이겠지요?"

"물론이오. 여기 예선 통과의 증표를 드리겠소이다."

안휘가 품에서 예선 통과자에게 나눠주는 패를 꺼내

적천경에게 건네주며 말했다.

"특별 시험을 통과했으니, 일반 예선 통과자들과는 달리 삼품패가 아니라 이품패요. 본선의 첫 번째 비무를 부전승으로 오르게 된 걸 축하드리오."

"부전승이라……."

적천경이 이품패를 받아서 잠시 살펴보고 품에 넣었다. 본선의 첫 번째 비무가 면제되었다니, 그 시간에 미신 당세령을 찾아가 봐야겠다는 생각이 들었다.

안휘가 적천경을 흐뭇하게 바라보며 말했다.

"그래, 안 모한테 달리 부탁할 일은 없으시오?"

"그래도 됩니까?"

"사실 안 될 일이오. 나는 이번 천하제일영웅대회의 심사관 중 한 명으로 참가자와 개인적인 친분을 나눠선 안 되니까 말이오."

"……."

"하지만 오늘 적 관주는 안 모의 눈을 꽤나 즐겁게 해 주셨소이다. 본래 세상에 공짜란 없는 법! 정천맹의 맹규를 어기지 않는 범위 하에서 안 모가 적 관주의 부탁을 하나 들어드리겠소이다."

"그럼……."

적천경이 미신 당세령에 대해 물으려다 입을 다물었

다.

비무대 저편!

마치 환상처럼 그녀가 나타났다.

— 미신 당세령!

적천경이 항주에 있는 정천맹까지 천 리 길을 마다치 않고 달려오게 한 진정한 이유.

그녀가 흡사 하늘에서 강림한 선녀 같은 자태를 자랑하듯 정천맹의 건물 사이를 가로질러 가고 있었다.

당연하달까?

천하제일미녀인 그녀의 뒤로는 수십 명이 넘는 사내들이 뒤따르고 있었다.

추종자!

미신 당세령에게 혼백을 빼앗긴 채 그녀의 주변을 맴돌며 호위대를 자처하는 자들이었다. 감히 어떤 자들도 그녀의 곁에 다가들지 못하게 막는 인(人)의 장벽이었다.

물론 미신 당세령은 그들에게 일별조차 주지 않는다.

마치 없는 자들인 셈 치는 듯하다.

힐끔.

안휘가 적천경의 시선을 따라 미신 당세령을 바라보고

나직이 혀를 찼다.

"또 늘었구만!"

'또 늘었어?'

안휘가 적천경에게 시선을 돌리고 말했다.

"적 관주, 아예 약왕당주에겐 관심을 끊는 게 좋을 것
이오. 그녀의 호위대들은 이성이나 도리를 모르는 축생
같은 자들이니 말이오."

"그런 축생들을 어찌 그냥 놔두시는 겁니까?"

"예?"

"이곳은 정천맹! 천하정파의 중심지잖습니까!"

적천경이 나직하나 힘이 깃든 한마디를 남기고 미신
당세령을 향해 걸어갔다.

그녀를 만났다.

드디어 만나게 되었다.

시간을 끌 생각 따윈 없었다.

그게 어떤 결과를 초래한다 할지라도 말이다.

〈다음 권에 계속〉